きらきらし

宮田愛萌

新潮社

もくじ

小説は、それぞれの扉にモチーフとなった万葉集の和歌、最終頁にその現代語訳を示した。
なお、現代語訳は著者による。

装幀　ニマユマ

きらきらし

きらきら・し（形）

①光り輝いて美しい。
きらきらしている。

②端正で美しい。

③威厳があって立派だ。

④きわだってみえる。

ハピネス

梅《うめの》花《はな》　先《まづ》開《さく》枝《えだ》乎《を》　手《た》折《をり》而《て》者《ば》
褁《つと》常《と》名《な》付《づけ》而《て》　与《よ》副《そへ》手《て》六《む》香《か》聞《も》

スノームーン。金沢の美しい雪景色を思い浮かべながら口の中で呟く。

私は自宅の前で止まった車の中で、運転席の方を見ずに口を開いた。

「私と結婚しませんか？」

わずかに彼の息をのむ音がする。

「先に言うなよ。俺から言おうと思ってたのに」

急に抱きしめられる。その腕は限りなく優しくて、肩にシートベルトが食い込んで痛かったけれど、私も彼の背に腕をまわした。

大好きな人の義姉になる幸せな絶望をかみしめながら。


小学三年生の夏休み。観劇が好きな祖母に勧められ、私は母と近所のバレエ教室を見学していた。人見知りかつ運動が苦手な私は当然乗り気でなく、漫画を買ってあげるという言葉につられて来ただけだった。そこで私は出会ってしまった。

同世代の華奢な女の子たちが集まる中でも目立つ、すらりとした体軀。カラフルなレオタードにサテンのバレエシューズの子が多い中、一人だけ黒いレオタードと艶のない革のシューズを履いたその少女は大人びていた。聞きなじみのないクラシック音楽にあわせ、長い手足をめいっぱい使って踊る姿に目が離せなくなる。昔買ってもらった金平糖みたいだと思った。小さなビンにつめられているキラキラとしてカラフルなお菓子。「美しい」という言葉を初めて実感した瞬間だった。

だから、レッスンが終わったあと、少女が駆け寄ってきた時に私はひどく驚き、まじまじと彼女を見つめてしまった。近くで見るとその大きな目は長いまつ毛に縁どられ、瞳は濃いブラウン、唇はほのかに赤い。首筋は汗ばんでいて、シニヨンにまとめられた黒い髪に、白い肩は少女らしく骨ばっていた。

「ねえ、新しい子？」

少女はにっこりと微笑んだ。大きな目で見つめられると妙にどぎまぎしてしまって、私は下を向いた。

「わたし、カレン。バレエ、一緒にやろうよ」

「できるかわかんないし」

「わたしが教えてあげる。名前なんていうの？」

「希南《きな》」

顔をあげるとカレンは言った。

「希南が来るの、楽しみにしてるね」

そう言われて、私は何も言うことができずに、こくんとうなずいた。通わないという選択肢はなくなった。

バレエ教室に通い始めてから、カレンと仲良くなるのはあっという間だった。カレンは人懐っこく、人見知りする私にもよく話しかけてくれる。

「ねえ、希南って、小学校どこ？　同い年の子、いなかったから嬉しい」

「希南って、兄弟いるの？　わたしはお兄ちゃんがひとり」

「くるみのブルーレイ買ってもらったから、一緒にうちで見ない？　ロイヤルのやつ」

そんな質問ひとつひとつに丁寧に答えていくたびに、どんどん距離が縮まっていった。通う学校は違ったが、休みの日には一緒に図書館で勉強したり、カレンの家でバレエの動画を見たり、私の家で漫画を読んだりした。私たちは親友と呼べる存在になっていた。

三歳の頃からバレエを習っているというカレンは、気取るところがなく、たくさんの人に好かれていた。そんなカレンと仲良くできることが、私にとっては誇りであると同時にプレッシャーでもあり、カレンに追いつくために必死でレッスンを受けた。初めは週一回だったレッスンも、カレンがトウシューズを履くようになってクラスが分かれてしまうと、三回に増やした。上達していくのはカレンに近づいていることが感じられて嬉しかった。気がつけばカレンと同じクラスに上がっていた。

カレンの踊るその姿を見ていたくて、私はいつも後ろの方でレッスンをしていた。指先まで神経を張り詰めてキープされる腕や、微かに震えながらもギリギリの高さまであげられる足。たまに間違えてもすました顔で修正し、終えた後にちょっとだけ悔しそうに眉根を寄せて、もう一度確認する仕草。音楽にあわせて、まるで歌うように踊る姿に、私は夢中だった。

「希南って、絶対バーレッスンでは端にいかないよね。端の方が踊りやすくない？」

カレンに聞かれたことがある。カレンの姿を見ていたいから、とは言えずに、

「だって、なんかまだ不安だから」

と答えると、カレンは笑った。

「希南、上手いんだし、そんな不安なことないでしょ。端で踊ればいいのに」

その言葉が、何よりも嬉しかった。カレンが私のことを「上手い」と言った。こういう時にお世辞を言うタイプではないことを知っている私は、簡単に舞い上がり、つられて次のレッスンではカレンの隣に行ってみようかな、なんてことまで考えた。

私は地元の中学校、カレンは付属の私立中学に進学しても私たちは変わらず親友だった。私はテニス部、カレンは陸上競技部に入ったためにレッスンは週二回に減ったが教室へは通っていたし、テスト前には一緒に勉強をした。教科書に「浅井佳恋《あさい》」と漢字で名前が書かれているのを見て、なぜか胸がドキドキした。

カレンは英語が得意で、長文を読むのに飽きてしまう私に、「読めば全部書いてあるからとにかく読んで」とあまり参考にならないアドバイスと、高校受験の時にはお守りをくれた。私にできることはカレンの苦手な数学を必死に勉強し、何食わぬ顔で教えてあげることだった。おかげで私の数学の成績も以前よりぐっと上がった。

「希南、人に教えるの上手いよね。先生になればいいのに。希南が数学の先生なら、私の成績も、もうちょっと良くなるはず」

そんな、ずっと続くと思っていた関係に、私は油断していたのだと思う。

「希南、今日帰り急いでる?」

レッスンの前にストレッチしていると、カレンに尋ねられた。高校二年生になってこんな風に誘われるのは久しぶりだった。

「ううん。中間テストも終わったし、何もない」

「おっけー」

「え、なに」

「秘密」

楽しげに笑うカレンに少しだけ嫌な予感がした。

先に着替えて外へ出たカレンを急いで追いかける。少し革がゆるみはじめていたローファーが、地下のスタジオから階段を上るたびにパカパカと音を立てた。

スタジオ前の路上には黒い車が止まっていて、その横にカレンと背の高い男の人が待っていた。暗くて顔はよく見えなかったが、ガードレールに軽く腰かけた男の人と、短いチェックのスカートにパーカーを合わせ制服風にコーディネートをしたカレンは、どこからどう見てもお似合いのカップルだった。急に軽いめまいのような感覚に襲われる。

ぼうっと突っ立っていると不意にカレンがこっちを向いた。慌てて作った笑顔でカレンのもとへ向かう。隣の男の人が軽く会釈をした。

「カレン、お待たせ。えっと」

尋ねるように隣の人を見ると、カレンが微笑みながら言った。

「あ、お兄ちゃんに会うの久しぶりだよね。免許取って、運転も慣れてきたみたいだから迎えに来てもらったの。希南のことも家まで送ってもらおうと思って」

「いつも妹がお世話になってます。兄の浅井圭《けい》です」

そう言って、背の高い男の人はカレンにそっくりの顔で笑った。私が動揺して何も言うことができないでいるうちに、二人は会話を進めていく。

「お兄ちゃんと希南って会うのいつぶり？　小学生の時とか？」

「佳恋が発表会でクララやった時じゃない？」

「そっか。じゃあ私たちが小六の時かな。五年ぶりくらい？」

そう話しながらカレンは慣れた仕草で圭にカバンを渡し、圭も自然に受け取って助手席に置いた。その一連の流れにどうしようもなく嫉妬している自分がいることに、私は気づかぬふりをした。

「懐かしい、です」

突然の出来事に頭がついていけず、ぎこちない会話になる。そんな私をカレンは笑った。

「希南、お兄ちゃんにも人見知りしてる。気、遣わないでいいのに。ていうか遅くなっちゃうから早く車乗ろ」

「いいのに、は俺のセリフな。でもほんと、希南ちゃん、遠慮とかいいから」

「ありがとうございます。でも送ってもらうのは、その、申し訳ないです」

「全然。運転好きだから、むしろラッキーだよ」

カレンが車の後部座席のドアを開けて、乗るように促す。

「どうぞ、希南お嬢さま」

私が乗ると、カレンも「詰めて」と言いながら隣に座った。てっきりカレンは助手席に乗るものだと思っていたので、少し驚く。

「隣の方が話しやすいじゃん。最近テストとかあって全然話せてなかったから、お兄ちゃんにお迎え頼んだんだ。ちょっとドライブしてから帰ろ」

頬が緩む。カレンが私と話したいと思ってくれていることがたまらなく嬉しかった。

「最初、ふたりを見たとき、彼氏を紹介されるのかと思った」

希南が正直に白状すると、カレンは「えぇっ」と大袈裟に驚いてみせた。

「私って、小学校からずっと女子校だよ？　彼氏なんて、できるわけないじゃん」

「でもカレンは可愛いから」

「ないない。あるとしたら希南でしょ。共学なんだし、部活とか委員会とかで胸キュンがあるんじゃないの？」

あまりにも共学に夢を見ているカレンの発言に思わず笑ってしまった。

「全然ない。少女漫画の読みすぎじゃない？」

女子校だから彼氏なんてできないという言葉に安心している自分の浅ましさに少し悲しくなった。なにがあっても私とカレンは親友でしかないのに。

「あ、でもお兄ちゃんはめっちゃモテるよ。中高男子校だったけど彼女いたし」

カレンがにやにやしながら圭に話を振る。確かに圭はカレンに似て顔が整っているし、妹とのやり取りを見る限り優しい人なのだろうなと思う。

「俺に振るなよ。いま、彼女いないし」

「え、嘘。この間、ハナって人のインスタのストーリーにお兄ちゃんぽい人写ってたけど、デートじゃないの」

そう言ってカレンがインスタグラムを開いて、私にも見せた。キラキラしたいかにも女子大生然とした写真が並ぶアカウントは眩しかった。

「ただのサークルの子だよ。偶然写ってただけだろ。ってか俺のインスタ監視すんなよ」

「部活の先輩のインスタから見つけただけだし。希南の前で、妹を勝手にブラコンにしないでくれないかなあ」

足を組んで少し頬を膨らませてみせるカレンはあざとくて、その仕草を見ているだけで心臓がぎゅっとする。なにより、妹としてのカレンが新鮮で、見ていてとても楽しい。ふと、私が圭の彼女になれたら、またこうした楽しい時間が過ごせるのではないかと思った。それは思い付きにしてはあまりにも名案で、あまりにも利己的だった。

「そうだ、希南もお兄ちゃんのインスタ、フォローしなよ。投稿全然面白くないけど」

カレンはスマホ貸して、と私のスマホを操作して、勝手に圭をフォローする。

そうして一人増えたフォローが少しこそばゆかった。

帰宅して、お風呂上りに今日フォローした圭のインスタを見る。それは旅行に行った景色とかサークルの仲間たちとの集合写真とか、カレンの言う通り、面白くないというか、当たり障りのない投稿が並んでいた。確かにフォロワーには女子も多く、モテるのだろうなと思った。

カレンが見せてくれたハナという人もフォロワーにいて、投稿を眺める。ストーリーは足跡が付くので見られないが、過去の投稿にも圭が写り込んでいるものがあった。ただ、同じくらい他のサークルメンバーも載っていて、ハナという人が圭のことを気にしているのかどうかまではわからない。

ここで、私は本気で「圭さんと付き合えたら」ということを考えているのだと、気づいてしまった。今までも、そしてこれからもカレンの隣にいるのは私がいい。自分の中にこんなに醜い感情があるなんて知らなかった。これは嫉妬だ。圭と、まだいない、いつかカレンの隣に立つ人への嫉妬。

インスタのＤＭで圭に「今日はありがとうございました。久しぶりに会えて嬉しかったです」と送る。自分の容姿に自信はないけれど、どうにかして彼を振り向かせなくては。そのための努力なら私は絶対に惜しまない。

それから私は、ことあるごとに圭と接点を持つようになった。

ほぼインスタだけでのやり取りだったが、勉強を教えてもらったり、大学について質問したり、細々とだが、やり取りを続けた。カレンは大学付属校に通っているから受験はしない。その代わりに受験を経験している圭にその相談もした。

大学受験を理由に私はバレエを辞めたが、気が付けば、カレンと三人や、カレンがいない時にも二人で会うようになっていた。

センター試験が迫ると、カレンと圭の二人がわざわざ家までお守りを届けてくれた。そして、合格の報告の時には、もちろんカレンは私が引くくらい喜んでくれた。しかし、圭からは「おめでとう」とカレンづてにメッセージをもらっただけで、他になにもない。なぜかがっかりした。私はそのがっかりした気持ちを抱くことが意外で、もしかしたら圭に本当に恋したのではないかと思い、少し怖くなる。このままだと、私は、何の恋も成就できないまま人生が終わるのではないか。

「あのさ、付き合わない？」

それは唐突に言われた。あと数日で卒業式という、自由登校の平日。圭から急にＤＭで誘われて映画を見に行った帰りに、告白された。

「……はい」

戸惑いながらも返事をする。安堵したように笑う圭を見ても、全く実感がわかなかった。絡められた指先を見ながら私は尋ねた。

「あの、なんで私？」

「佳恋から希南ちゃんの話はよく聞いていたし、二人で話すようになって、なんか可愛いなって思って」

照れたように笑う顔にキュンとして、正直なんで私が選ばれたのかよくわからなかったけれど、まあいいかなんて思ってしまった。

付き合い始めて、数か月もするとぎこちなさも抜ける。互いに「希南」「圭」と呼び合い、時間ができるとデートをして、長期の休みには旅行に行くような、誰もが羨む理想のカップルとなった。

もちろんカレンにも付き合っていることを報告した。

「希南、いつからお兄ちゃんのこと好きだったの？　もしかして、私、キューピッド？」

誇らしげな顔で喜んだあと、カレンは声をひそめてこう囁いた。

「あ、でも嫌になったら私のこと気にせず別れていいからね。私たちの友情ってそんなことじゃ崩れないから」

私は心の奥が少し軋むような気がしたのを無視して、声をあげて笑った。

大丈夫。私が好きなのは圭で、カレンとは一生親友で。こんな幸せを手に入れられて、怖くなっているだけ。自分に言い聞かせるように、心の中で呟いた。

圭と私は、相性が良かった。二人ともそんなにまめなタイプではなかったのが幸いして、圭が就職して忙しくなった時も、私が就活で慌ただしかった時も、気まぐれに連絡を取り合いながら、ずっと付き合い続けた。

カレンとも相変わらず親友だ。大学は違っていても、しょっちゅうランチや遊びに行っていた。ずっと女子校だったカレンは共学で普通にクラスに男子がいるのが面白いらしく、男の子の友達もたくさん作っているらしい。曰く「クラスの男の子って、お兄ちゃんと全然違う」そうだ。そのせいなのか、カレンは彼氏と長続きしたためしがない。

お互いに同級生の面白い話をしたり、就活の愚痴を言いあったり、他愛もない話題で延々と盛り上がるのは昔から変わらない。会話の内容は変わっても、カレンとずっと親友のままでいられるのが嬉しかった。

「希南とお兄ちゃんさ、結婚しないの？」

カレンがアイスミルクティーを飲みながら聞いてきた。昔から変わらないまっすぐな長い黒い髪が色白な肌に映える。大学に入ってから切った前髪が、眉を隠し、綺麗な弧を描いている。ローズピンクのティントに染められた小さな唇を見ながら、これはこの間一緒にロフトで買ったやつかな、と思った。

「わかんない。圭とあんまりそういう話しないし、私も就職決まったばっかだし」

「お兄ちゃんこの間ずっと、ネットで指輪検索してたよ。ま、後ろから覗いたら慌てて隠してたけど。あ、私が言ったの秘密ね」

「えっ」

思わず大きい声が出てしまい、口を押える。

そのまま右手の小指にしている指輪を見た。去年の誕生日にくれたシルバーのピンキーリング。二人でショッピングモールに行ったときに私が一目ぼれして買ってもらった。

「でも希南が義理のお姉ちゃんっていいな。親友が親戚になるなんて夢みたい」

急に頬が熱くなる。

「希南、顔あかーい。かわいい」

カレンの軽口にも上手く返せなかった。

圭から二泊三日の旅行に誘われたのはそのすぐあとだった。二月に金沢に行きたいと言われて、あきれる。九州や沖縄という選択肢だってあるのに。

「だって希南、寒いの好きだろ。それに冬の金沢って行ってみたくない？」

「まあね。興味はある」

圭は寒さに強いくせに、あまり寒いのが好きではない。反対に、私は寒さに弱いが、雪だとか寒さだとかが大好きだ。そして暑いのが苦手。普段は暖かいところばかり行きたがる圭が北陸を選ぶのが珍しくて、私はふとカレンの言葉を思い出した。

「希南とお兄ちゃんさ、結婚しないの？」

案の定、二月の金沢は寒かった。刺すような寒さに頬や鼻が赤くなる。東京で見る雪と違い、軽くてさふさふとしている白い雪。吸い込んだ空気もびりびりとして、私はどんどんテンションが上がっていくのを感じた。

「圭、寒いね。冬だね。冷たいね」

一人はしゃぐ私に、圭は、

「ほら、金沢に来て、正解だろ」

と満足そうな顔をした。それを私は、可愛い、と思った。

空には太陽がでているのにどこかグレーがかったような色をしていた。それでも街に積もっている雪を見るのも楽しくて、外で観光をすることにした。兼六園やひがし茶屋街を歩きまわる。そして、芯まで冷え切って、リップでもごまかしきれないくらいに私の唇が青紫色になったところで、圭から「そろそろ旅館に行くぞ」とストップをかけられる。なんかちょっと過保護、と思ったが、正直寒さも限界であったので、おとなしく受け入れることにした。

駅に戻ると迎えの車が来ていて、そのまま旅館に連れて行かれる。圭が予約してくれた部屋は温泉付きだった。

「就職祝い」と圭がぶっきらぼうに言う。照れると少しそっけなくなることを知っている私は、嬉しくなって圭の唇にキスをした。私より温かい唇が気持ちよくてそのまましばらく口付けたままにしたら、下唇を甘噛みされて離される。

「本当にありがとう。あとで一緒に入ろ？」

「うん」

幸せな夜だった。

月明かりにふと目が覚める。窓から見える月はもうすぐ満月になりそうで、昔カレンが「二月の満月はスノームーンって言うんだよ」と教えてくれたことを思いだした。枕もとのスマホで確認するとまだ二時半で、ため息をつきながら寝返りをうってもう一度眠ろうとすると、隣の圭が目に入った。

カレンによく似ているのは、鼻。それから唇。輪郭もちょっと似ているかもしれない。でも、やっぱり全然違う。華奢で少し骨ばっているカレンに比べて、圭の方が筋肉質だ。はだけた浴衣から胸元が見える。

カレンじゃ、ない。

そう思ったら、涙がこぼれた。私は、カレンの隣にいたかった。いつまでも変わらずに、ずっと隣で歩いて行けると思っていた。

きっと私は、カレンの兄と結婚する。カレンとは義理の姉妹になる。

気がつけば、こんなに遠くにきてしまった。

涙をぬぐうこともせずに、私は確かめるように圭に触れていった。

額、まぶた、鼻、唇、首筋。

「ん、どうした」

寝起きのかすれた声で圭が尋ねる。薄く目を開けて、カレンと同じ色の瞳で、心配そうにこっちを見つめていた。

「なんか、急に怖くなっちゃったの。ねえ、ぎゅってして」

私はそう言って、もう後戻りできない後悔をかかえたまま圭の腕の中にもぐりこんだ。

梅の花がいちばん最初に咲いた枝をもしも手折ったならば、
あの枝は贈り物にするのではと言われて
あの人と関係があるなんて噂されてしまうかなあ。
（巻第十2326）

坂道の約束

射《い》行《ゆき》相《あひ》乃《の》　坂《さか》之《の》踏《ふ》本《もと》尓《に》　開《さき》乎《を》為《を》流《る》
櫻花《さくらのはな》乎《を》　令見《みせむ》兒《こ》毛《も》欲得《がも》

図書館までの道のりは、ゆるやかな坂が続いている。息切れするほどではないが、ちょっとだけきついな、と感じる程度の優しい坂。私はトートバッグを肩にかけなおし、上ってきた道をふと振り返った。

三月中旬の空気はまだ少し冷たい。風に揺れる木々がたてる音も寒々しくて、別に寂しくないのに寂しいような、不思議な気持ちにさせられた。

来月から、ここではない場所で高校生になる。引っ越しはずいぶん前から決まっていて、そのために次の家の近くの公立高校を受験したし、友人たちには別れを告げてある。スマホで簡単に連絡は取れるし、今は続いている連絡も、きっとすぐに途切れるのだろうなという予感があった。だから、寂しさなどないはずだ。ふうと息を吐いて、また歩きだした。

小さな図書館だな、というのが第一印象だった。この街には小学一年生の頃に越してきたので、もう九年住んでいることになるが、図書館を利用するのは今日がはじめてだった。こわごわとなかを窺うようにして入り口のドアをくぐる。

図書館には特に用事があるわけではなかった。四日後に控える引っ越しのために、あらかた自分の荷作りは終えて、家にいてもすることがない。好きな本でも読むかと思ったが、それはすでに段ボール箱のなかだし、新しく本を買っても荷物が増えるだけ。せわしくマンシヨンの掃除をする母親にも邪険にされて、図書館にでも行くしかなかった。

本を読んでいると時間はあっという間に過ぎる。なんとなく目についたハードカバーの単行本を手にとって、閲覧室で読んでいると、気がつけば閉館時間が迫っていた。辻村深月の『盲目的な恋と友情』。表紙が綺麗だと思って軽い気持ちで読んでみたらすごく面白くて、読み終えた後にもう一度読み返していたら、こんな時間になっていた。持っていた本を返却棚に置いて図書館を出た。

帰りは下り坂だから楽だ。すでに陽は落ちていて、肌寒い空気のなかを歩く。坂の途中のゆるやかなカーブに猫を撫でている少年がいて、そういえば来るときも猫がいた気がした。


翌日は雨が降っていた。一昨年から使っている少し汚れた赤い傘をさして図書館に向かう。雨粒が傘に当たるタンタンという音が軽やかに響いて、明るい気持ちになった。濡れた石畳は艶やかに光っていて、その滑りやすい地面すらも好意的だ。雨の日はいいな、と思った。雨の音に紛れて、にゃあ、と聞こえた気がした。昨日の猫だろうか、とあたりを見回してもその姿は見えず、私は軽く首をかしげて図書館に向かった。

昨日読んだ小説が面白かったので、同じ作者のものを読んでみることにした。

「た」行の棚から眺めはじめて、「つ」に行く前に、赤い背表紙が目に入った。千早茜の『おとぎのかけら』。軽く手に取りやすいソフトカバーだったので、とりあえず読んでみることにする。閲覧室はサラリーマン風のスーツを着た人とお年寄りで席が埋まっていた。勉強禁止というのもあり、学生らしき人はいない。しかたなく、書架のあいだの小さな椅子に腰かけ、本を読み始めた。

読み終えて、すぐ別の本を読める人はすごいと思う。特に初めて読む本や作家。私は本が好きな割に別の本を続けて読むのが苦手で、初読の時は間をあけて読むようにしている。その代わり、繰り返し読むのは得意で、連続して何回読んでも飽きることはない。

今日も閉館まで読み続け、図書館を出た。

もう雨は止んでいて、傘を閉じたまま坂を下る。また、にゃあ、と聞こえた気がした。

そこに彼はいた。昨日と同じ場所で、また猫を撫でていた。茶トラの猫は私の方を向いて、もう一度、にゃあと鳴いた。

「昨日もその猫撫でてた？」

少年のそばまで行き、立ったまま、そう尋ねた。臆することなく赤の他人に話しかけた自分に、内心、ちょっと驚く。

少年は猫にあわせてしゃがんでいて、低いところから私を見上げた。上がった顎の下には喉ぼとけがゆるやかに隆起していて、もしかしたら少年じゃなくて青年かもしれない。

「うん。友達だから」

「名前は？」

「ない。野良猫だから」

「私、瞳子《とうこ》」

名乗ってみたけど、少年は何も言わずにまた猫の方を向いてしまった。私も少年の隣にしゃがみこんで、猫に手を伸ばした。背中の毛はふんわりと柔らかく、毛並みに沿って撫でると喫茶店の椅子のようにつるりとしていた。

「かわいい」とおもわず呟いた。少年の方を見ると、その白い頬には色がなかったが、口元が少しゆるんでいて、猫が好きなのかな、と思った。

「瞳子も猫好きなの?」

急に尋ねられて、ドキリとする。

「うん。大人になったら猫飼いたい。君は?」

「猫、好きだよ。でも野良猫がいい」

少年の猫に向ける眼差しは優しい。

「なんで?」

「家猫は、友達になれないから」

変な子。猫と友達というのも子どもっぽい言い方だと思ったが、妙に本気にも感じられて、それが彼の淡々とした口調に似合わないような気がした。

なにも言わないでいる私には目もくれず、少年はただ猫と戯れている。私は立ち上がって意味もなくお尻の部分をはたいた。

「じゃあ、私帰る。猫、触らせてくれてありがとう」

「僕にお礼って、変なの。ただの野良猫なのに」

「うん。でも、隣で触っても嫌がらないでくれたから」

少年はふうんと適当に言って、ひらひらと手を振ってくれた。私も手を振り返して、また坂を下り始めた。猫がにゃあと鳴くのが背後で聞こえた。

次の日は前日と打って変わって快晴だった。からっと乾いた坂道を上りながら、猫と少年を探してみた。少年はいなかったが、猫は道の端でのんびりとひなたぼっこをしている。

「あ、君は昨日の猫だよね。こんにちは」

声をかけてみるが、こちらを見ようともしない。近づいて撫でようとすると、さっと立ち上がって逃げてしまった。

「私のこと、もう忘れちゃったのかな。薄情だなあ」

少し離れたところで止まった猫が茶色いしっぽを揺らし、にゃあ、と鳴いた。

「お昼寝の邪魔して、ごめんね」

猫に声をかけ、さっさと図書館に向かった。

今日は何の本を読もうか、と考える時間が好きだ。昨日思わぬ出会いがあったので、今日は逆に「わ」行から本を眺める。大好きな宮部みゆきの『ステップファザー・ステップ』を見つけ、手にとりたくなるが、家の段ボールのどこかにはしまってある、と我慢した。

結局、夏目漱石の『こころ』と迷って『吾輩は猫である』にした。色々書架を眺めているうちに読みたい本が多くてわからなくなってきてしまうと、つい慣れ親しんだ本にいってしまう。面白い本は何度でも読みたいけれど、読んだことのない本に囲まれた中で既読本を読むのは少しもったいなくて、そして少し贅沢だ。今日は無事見つけられた閲覧室の端の空席で、古びて日に焼けた文庫本を読みふけった。

帰り道、また、彼は猫とともにいた。

「昨日ぶりだね、夏目くん」

猫のそばで座っている少年の後ろから声をかけると、少年は振り向くことなく、怪訝そうな声で返事をした。

「夏目くんって、僕のこと?」

「うん。君が夏目くんで、その猫が漱石。さっき考えたんだ」

いいアイデアでしょ、と言うと、少年はやっと振り向いた。

「僕の名前が知りたいの?」

「昨日、私は名乗ったのに教えてくれないんだもん」

「だって知る必要ないじゃないか」

少年に、座れば、とうながされ、隣にしゃがんだ。私が猫に手を伸ばすと、今度はその柔らかい毛に触らせてくれた。

「ねえ、じゃあ漱石は君の名前を知ってるの?」

「知らないよ。だって瞳子は野良猫に名乗るのかい?」

「もちろん。昨日二人に向けて名乗ったの」

少年はこっちをまっすぐ見て、

「変な人間だね」

と言った。その言い方がからかう、というよりは感心している風だったので、私は満更でもない気分になった。

「漱石も君の名前、知りたいと思うよ」

「野良猫に名前を付けるのはやめたほうがいい」

少年はそんなことを言った。声のトーンはいつも通りだけど、言葉が少し冷たい。どうして、という意味をこめて猫を撫でる横顔を見つめると、少年はまた口を開いた。

「最期まで責任取れないのに名前を付けるのは、無責任だと思う。気まぐれに名前を付けたって、野良猫にはその名前を呼んでくれる人はいないのに。それに、瞳子だって、僕だって、いつかこの猫のことを忘れてしまうんだから、残酷だよ」

私は何も言えなくなった。そんな私を気遣うように猫がにゃあと鳴いて、私のひざに頭を擦り付けた。

「それに、猫ならば三島由紀夫だと思うけど」

少年がにやっと笑った。私はその少年の優しさに甘えて、ムッとした顔をつくる。

「どう考えても漱石でしょ。日本で一番有名な猫小説を書いたんだから、猫といえば漱石だと思うんだけど」

「安直だよ、ってこの猫も言ってる」

少年は真顔でそう言って、猫の頭を撫でた。ふと、ある考えが頭に浮かんだが、真剣に聞くには馬鹿馬鹿しい気がして、私は立ち上がった。

「じゃあ、私もう帰らなきゃ」

「ばいばい」

少年はそう言ったきり、もうこちらには目もくれずに猫を撫でていた。

空は曇っていて肌寒い。そして今日も坂道の途中に猫はいた。

「彼はああ言ったけど、やっぱり漱石って呼びやすいと思うんだ。ね、漱石おいで」

遠くから呼びかけてみると、猫はこちらを見てにゃあと鳴いた。もしかしたら触れるかもしれない。近づいて手を伸ばすと、指先がその毛並みに触れそうになったその瞬間に、ひらりと逃げられてしまった。

「やっぱりだめか。邪魔してごめんね。またあとで」

猫に声をかけて残りの坂を上った。

明日の午後には引っ越してしまうから、もうこの図書館に来るのは最後だ。わかっているけれど、どうしても欲望に抗うことができず、私は阿部智里の『烏に単は似合わない』に手を伸ばしてしまった。どう考えても、今、長いシリーズものに手を出すのは馬鹿だ。そんなことは承知の上で、脳内にいるKが「馬鹿だ。僕は馬鹿だ」と言っているのが面白くて、私は諦めて読むことにした。どうかこの本が私に刺さりませんように。

読み終えた本を返却しながら、やっぱり私は後悔した。すごく、面白い。面白すぎる。引っ越し先でまずはじめにすることは、図書館を探してこの続きを借りることだ。

「あ、つぼみ」

帰り道、最後に少し寄り道しようと図書館の外の庭を見ていると、桜の木を見つけた。まだ裸の木のままだったが、ひとつだけ、ふっくらとしていて今にも咲きそうなつぼみがあった。咲いたところが見たいな、と思った。

坂道の途中にやっぱり少年と猫はいた。少年が撫でると、猫はゴロゴロと喉を鳴らし、気持ちよさそうに目を細める。昨日打ち消した考えがまた脳裏をよぎった。あまりにも馬鹿馬鹿しいけど、そうとしか考えられなかった。

「もしかして、君って猫と喋れるの？」

少年の隣に座って、声をひそめて尋ねた。そう考えると、猫と友達というのにも納得がいく。少年といるときだけ触らせてくれるこの猫は、少年に気を遣って私に触らせてくれているのかもしれない。

急に尋ねた私に、少年はきょとんとした顔をしたのち、びっくりするほど大きく笑った。

「瞳子って、やっぱ変だよ。僕が猫と話せるって、そんなことどうやったら思いつくんだろう。最高だね」

「そんな笑うことなくない？　真剣に聞いたのに失礼だよ」

「真剣に猫と話せるか聞く方が面白いよ。瞳子、君は一生そのままでいてね」

目に涙を浮かべて笑いながら言われて、少しムッとする。だけど、笑っている少年の顔が幼く見えて、可愛いなと思った。

「君が猫とそんなに仲良いのは、話せるからだと思ったんだけど、違うのか」

「単純に、僕たちが友達だからだよ」

そういうものなのか。よくわからないけれど、私とこの猫はまだ友達ではないらしい。

「私さ、明日引っ越すんだよね。だから、明日の朝会えないかな」

猫を撫でながら私は尋ねた。最後に、少年にあの桜のつぼみを見せたかった。それで、「忘れてしまう」と言った彼と、この猫、漱石のことを一生覚えていようって、約束したかった。

「それは、無理だよ」

この言葉は私には思いがけなくて、ショックだった。

「少しの時間でいいの。図書館のところにある桜がもうすぐ咲きそうで、明日の朝、一緒に見たくて」

「ごめん。行けない」

少年の言葉が聞こえないふりをして立ち上がった。

「明日、朝九時に坂の上で、待ってるから。じゃあ、また明日」

大きな声で宣言するように言って、私は走って逃げだした。下り坂に足がもつれそうになりながら、今までで一番早く走った。

次の日、私は坂の上に八時半に着いた。少年が来るのを信じて待ち続けて、九時半まで待ったが、やっぱり来なかった。猫の姿もどこにもなくて、私は一人で桜を見に行った。桜はまだつぼみのままだった。

その日の午後、私はこの街を出ていった。


この街に来るのは十年ぶりだった。偶然取引先の本社がこの街にあって、上司に「中三までそこに住んでました」と言ったら、私に仕事が回ってきた。仕事自体は簡単で昼過ぎには終わり、どうせならどこか見ていこうか、と思った時にふと図書館が頭に浮かんだ。

「懐かしいな」

坂の下で呟く。中学生だった私にはゆるやかな坂だったけれど、十年経って、運動不足の身体には少ししんどい。パンプスの音を鳴らして坂を上った。

目の前に現れた図書館は、記憶と何も変わっていなかった。それでも中に入ってみると、書架は以前とかなり違う。

外に出ると、風に乗って桜が飛んできた。今年は少し早い開花だと、テレビのニュースで見た気がする。足元に落ちた桜の花を拾って、急に少年のことを思い出した。名前も年齢も、何も教えてくれなかった少年と、その友達の猫。勝手に私が漱石と呼んでいた茶トラ。

「どうしているんだろうなあ」

誰もいないのをいいことに声に出してみた。最後の日、桜を一緒に見たかったけど、振られて、おまけに桜も咲いてなくて、ひどく惨めな気持ちになった。もしかしたらあれは初恋だったのかもしれない、と適当に思い出を美化してみると、だんだんそうだったように思えてくるのが面白い。

ずいぶんとノスタルジックな気分になっているなあ、と思った。

拾った桜は、家で押し花にしようとポケットに入れ、私は図書館を後にした。

坂を下っていると、キジトラの猫がいた。あの猫は茶トラだったから違うとわかっていたけれど、懐かしくなって近くに行ってみる。

「かわいいなあ。君は中也かな」

そう言いながらかがんで手を伸ばすと、猫はにゃあと鳴いて、おとなしく触らせてくれた。この子は懐っこい。

「僕は、谷崎の方がいいと思うけど」

後ろから声をかけられて振り向き、驚いて息が止まりそうになった。

「私、君が立ってるところ、初めてみたかも」

頑張って絞り出した言葉はよりによってこれか、と冷静な気持ちで思う。そこにいたのは、あまりにもあの頃と変わらない少年の姿だった。

「久しぶりに会ったのにそれって、やっぱり瞳子は変だな」

「君も相変わらず失礼だよ。この猫、友達？」

なんと言っていいかわからなくて、会話が途切れ途切れになる。なんで変わってないの、と聞きたかったけど、その言葉を口にしたら少年が消えてしまう気がして聞けなかった。

「うん。あ、そういえば瞳子、髪切ったね」

それなのに少年はのんきに猫を触りながら、そんなことを言った。

「十年経ってるんだから、髪型くらい変わるよ」

「もう十年なんだ。あっという間だな」

少年は笑った。その笑顔を見て、胸がぎゅっとなった。

「あの――」

「ねえ、あの日行かなくてごめんね？」

私の言葉をさえぎるように少年が言った。少し眉を下げて、柔らかな声色だった。

「ううん。君は無理って言ってたのに、私が勝手に約束しただけだから」

「でも一時間も待っててくれた」

なんで知っているの、とも聞けなかった。代わりに、ポケットからさっき拾った桜の花を出して、少年に渡した。

「これ、さっき拾ったやつあげる。一緒に桜見たかったんだけど、やっと見れた」

少年はてのひらに大切そうに桜をのせて、嬉しそうに見つめていた。

「本当はあの日、私は漱石のこと忘れないって言おうとしたの。でもさっきまで忘れちゃってたから、君が正しかったみたい」

私がそう言うと、少年がこちらを向いた。そのまっすぐな目で見つめられる。

「桜のお礼に、僕の名前教えてあげる。翔っていうんだ。もう忘れないでね。僕のことも、漱石のことも、それから中也のことも。死ぬまででいいから覚えててよ」

「中也でいいんだ」

「仕方ないから、譲ってあげるよ。僕は谷崎がいいと思うんだけどね」

そうして私たちは指切りをして、じゃあまたね、と別れた。

坂を下りきって振り向いてみると、そこにはキジトラ猫の中也しかいなかった。

行合坂のふもとに咲きこぼれた桜の花を
見せてあげられるようなうら若き乙女がいたら良いのになあ。
（巻第九１７５２）

紅梅色

朝《あさ》杲《がほは》 朝《あさ》露《つゆ》負《おひて》 咲《さく》雖《といへ》云《ど》
暮《ゆふ》陰《かげに》社《こそ》 咲《さき》益《まさり》家《け》礼《れ》

爪の手入れは、ほんの少し油断するだけで形が変わってしまう。意外と集中力が必要なのだ。綺麗なラウンドになるように優しくファイリングしていくと、真っ白な細かいダストがマットに散らばった。この粉は吐く息だけで舞ってしまうから、窓は閉め切る必要があるし、すぐに集めて捨てなければならないのがめんどうだな、と恵梨《えり》は思った。逆にマニキュアは匂いがこもりがちで、冬でも換気をしなければならない。

掃除や窓の開け閉めが億劫で、ベランダで爪の手入れをしたことがあったが、姉に「爪の粉が飛び散ってるじゃない」「洗濯物に匂いが付く」と散々文句を言われた。ちょっとがさつなところを見透かされたようで、さっさと退散した。

「今日は何色にしようかな」

机の上に並べたマニキュアの小瓶を眺めながら、鼻歌を歌うように独り言を言った。さっきまでは派手にラメをたっぷりのせた空色のネイルだったから、次はちょっとマットな感じにしようかな。それともシンプルにジェル風のぷっくりしたネイルにしようかな。

週に一度ネイルを変えるのが恵梨の楽しみだった。それだけで興味のない勉強にもやる気が出る。もちろんバイト先もネイル可のところを選んだ。本当はネイルサロンに行きたいけれど、大学生になったばかりの恵梨にはそんな余裕もなく、ＹｏｕＴｕｂｅでセルフネイルの動画を見ながら楽しんでいる。

一本ずつ丁寧に塗って、動画を見ながら乾かしていると、すでに零時をまわっていた。明日は授業が一限からある。しかも嫌いな英語から。憂鬱な気持ちを新しいネイルで無理にあげて、恵梨は布団にもぐりこんだ。


大学の正門へ向かう緩やかな上り坂。少し前を何度か授業で見たことがある男の子が歩いていた。黒いリュックとシャツとデニムの、おしゃれでもダサくもなく、シンプルそのもの。これは勝手なイメージだけれど、服は無印良品で買ってそう、と同級生の女の子たちに言ったら、「わかるー」と爆笑されて、無印良品に行くたびに思い出してしまうサトー君。話したことは一度もなかった。

その日の四限は面倒な課題が出た。恵梨は、資料を探すために図書館へ向かう。渡り廊下は授業を終えたばかりの学生で混み合っていて、喧騒が耳に響く。自動ドアをくぐり、学生証をかざして図書館に入ると、独特の緊張感がある空気が漂っていた。

図書館って落ち着かないんだよな、と恵梨は心の中で呟いた。真面目な日文科生というには恵梨の外見はいささか派手で、落ち着いた色の髪や服装の子が多い中では若干浮いている。とはいえ、自分が可愛いと思う格好をしているので、あまり周りにあわせる気はない。卒業まで浮いたままかもなあ、とも思っている。

時間をかけて本を選び、貸出カウンターに歩いていくと、閲覧コーナーで自習をするサトー君が目に入った。窓から差し込む夕陽がまっすぐな黒髪に当たり、なめらかな輝きを放っている。思わず恵梨は足を止めた。ほんの数秒だが、その光景に見入ってしまった。話したこともない男の子に対して、不思議な感情を抱く自分に、恵梨は戸惑いを覚えた。

日本古典文学研究の授業は二限だというのに寝坊した。開始一分前に滑り込んだ教室は結構席が埋まっていて、恵梨は前から六列目くらいの通路側の席に腰をかけた。一人分のスペースを空けた隣の席にサトー君が座っている。恵梨は図書館で見かけたことを思い出して、なんだか少し落ち着かない気持ちになった。

この授業は万葉集の和歌についての解釈がメインで、自分ひとりかペアで考察を深める時間をとり、コメントペーパーに記入して終わり。今日はペアの回で、それぞれに割り振られた歌の語釈を付けて訳すだけで、普段ならあっさり終わるはずだった。

「五三四と五三五って、長歌とその反歌だよね。ちょっと割り振りがめんどいね」

位置的にペアになりそうな隣のサトー君に、恵梨が話しかけてみると、真剣な顔をして資料を読んでいた彼が少し困ったようにうなずいた。

「そうだね。行で分けてもいいけど、文脈とかあるし二度手間になっちゃうかな」

「とりあえず語釈が必要な単語ピックアップしてから、二人で分担しよっか」

サトー君に近寄って、恵梨が歌のよくわからない単語に線を入れたり丸を付けたりしていく。するすると動いていく恵梨の藤色のシャープペンは迷いがない。

「あのさ、もしかして小川《おがわ》さんって和歌得意？」

「得意って程ではないけど、百人一首好きだから専攻も和歌にしようと思ってる」

隣の彼は意外そうに恵梨を見ている。

「っていうか、サトー君って私のこと知ってたんだ」

聞きようによってはかなり失礼なことを言ったが、恵梨は素直に驚いていた。確か英語と必修の日本語学講読とこの授業が一緒だが、それだけである。クラスも演習も別。女子ばかりの日本文学科では男子の方が印象に残りやすいため、恵梨は自分が覚えていても相手が覚えているとは思っていなかった。

「小川さんも僕のこと知ってたじゃん」

サトー君がマスクの下でくすっと笑ったのがわかった。

「それに、小川さんのこと、ちょっと気になってたんだよね」

えっ、と恵梨がすこし大きな声をだす。気になってた、ってそれは一体全体どういう意味ですか、と続ける前に、目だけでふんわり笑ったサトー君が続けた。

「爪綺麗だよね。いつも色違うからどうしているのかなって」

そっちか、と恵梨は拍子抜けしたが、好きなネイルを褒められて悪い気はしなかった。

「私はセルフネイルで、まだ単色塗りしかできないけど楽しいよ」

じゃーん、と両手の甲を差し出すと、サトー君は恵梨の爪をまじまじと見つめた。

「これは紅梅って色。フランス語みたいな名前のブランドのなんだけど、すぐ乾くし色も色の名前もすっごく可愛いの」

恵梨が、「サトー君もやってみたら?」と続けようとした瞬間、授業の終了を告げるチャイムが鳴った。全然進んでいないプリントを見て、二人は肩をすくめる。課題の提出は来週だった。

「とりあえず、ＬＩＮＥを交換してもらっていいかな」

彼が差し出したスマホにはＱＲコードが表示されていて、恵梨は慌てて読み取った。

「佐藤朝紀」と漢字で書かれたフルネームとペンギンの写真のアイコン。

「サトウアサキ？」

「アキだよ。小川さんはこの『えり』ってやつ？」

「うん。わかりづらかったら、漢字に変えておいて。小さい川の恵みの梨で小川恵梨」

水彩っぽいタッチで三日月と猫が描いてあるスタンプを送りながら、名前の漢字を説明する。

「じゃあ、僕から連絡するね」

「はーい」

朝紀と別れたあと、恵梨は空き教室でさっきのプリントを取り出し、ざっと和歌を眺めてから、調べるべき単語をピックアップしていった。枕詞や地名などの基本的な言葉の他に、現代でも使われているが意味が違っている形容詞なども加える。和歌の課題では、こういうのをしっかり記すだけで一気に「ちゃんとしてる」感が増す。

「こんなもんかな」

メモした紙をスマホで写真に撮って、さっきＬＩＮＥを交換したばかりの朝紀に送る。授業中だし既読が付くのは後だろうなと思っていたら、意外にもすぐに返信が届いた。

「ありがとう。後半の語釈と現代語訳は僕がやるから、前半の語釈お願いしていい？」

「現代語訳、全部任せるの悪いし、反歌の方やるよ。解釈合わないと困るから、よかったら今度一緒にやらない？」

サトー君も授業中にスマホとかいじるんだ、と思いながら、恵梨も返信をする。金曜日は二人とも三限までだったので、その後で会うことにした。

授業を終えた恵梨が学術メディアセンターに行くと、朝紀はもう来ていた。一階のフリースペースに席をとっていた彼は、ベージュのマスクの鼻の部分を触りながら、恵梨の方を向く。四人掛けの大きめのテーブルには本がたくさん積んであった。

「図書館の中だとあんまり相談とかできないから、こっちの方がいいと思って。資料も借りてきた。どうかな」

朝紀はノートパソコンの画面を恵梨に見せた。

「とりあえず後半の語釈つけたんだけど、見てもらえる？」

「ありがと。私の語釈もメールで送っといたからチェックお願い」

朝紀が用意した資料とにらめっこをしながら課題を進めていく。気づけば、ワードの文書が文字でびっしり埋まっていた。

「終わった、気がする」

大きく伸びをしながら恵梨が言う。

「小川さんが最後確認してくれる？」

朝紀は恵梨にパソコンの画面を向けて、タッチパッドで文書を下へスクロールする。恵梨が彼の指先に目をおとすと、爪が丁寧に磨かれていた。

「もしかして、爪、なんかしてる？」

恵梨が尋ねると、朝紀がマスクの下で嬉しそうな顔をしたのがわかった。

「今日は小川さんに会うし、磨くやつが家にあったからやってみたんだ」

「それなら今度マニキュアも塗ってみたら？　最近はメンズネイルも流行ってるし」

恵梨はインスタグラムでさっと調べて、不思議そうにしている朝紀に見せた。

「ほら。男の人も結構ネイルしてるでしょ。ナチュラルな色とかでも楽しいよ」

もし良かったら、今度塗ってあげよっか——。

喉元まで出かかった言葉はなぜかつかえて、「やってみると面白いよ」と曖昧に笑った。

急に言えなくなったのが自分でもよくわからなくて、恵梨は朝紀にばれないようにそっと目を伏せた。


それ以来、恵梨と朝紀は日本古典文学研究で隣に座るようになった。授業の前後に他愛もない話をしたり、テストの範囲を教えてもらったり。

「サトー君、『呪歌の書』ってわかる？」

その日も日本古典文学研究の後で恵梨は朝紀に尋ねた。恵梨は抽選で割り当てられた必修の伝承文学という授業を受けているのだが、和歌には詳しくてもちんぷんかんぷんのジャンルで、知り合いの中で唯一、伝承文学を専攻予定の朝紀に助けを求めたのだ。

「ＣｉＮｉｉとかで調べても出てこなくて、でもなんか、そのタイトルの論文が国立国会図書館にあるらしくて……」

要領を得ない恵梨の説明に首をかしげていた朝紀だったが、スマホでいろいろ調べているうちに興味がわいたらしい。

「僕もよく知らないけど、おもしろそうだね。何がかいてあるんだろう。呪歌ってきっと和歌だよね。長歌かな、短歌かな」

恵梨は少し迷ってから、思い切って誘ってみた。

「もし良かったらなんだけど、一緒に国立国会図書館行かない？　捜すの手伝ってもらえると嬉しいんだけど」

「僕も行っていいの？　小川さんも時間があるなら、この後、行ってみようよ」

想定の数倍前のめりで興味を示してくれる朝紀に、恵梨は嬉しくなる。伝承文学の課題が片付くこともありがたいが、それよりも朝紀が恵梨の言ったことに興味を持って、すぐに態度に表してくれたのが気持ちを浮き上がらせた。

二人で永田町の国立国会図書館に向かう。館内にはスーツを着た男性や大学生らしき女性など、いろんな人がいて、少し混んでいた。お目当ての論文が載っている専門書はネット検索でわかっていたので、すぐにスマホから利用申し込みをしたが、資料をコピーして図書館を出られた時には十八時を過ぎ、外も暗くなっていた。

一休みのつもりで、歩いている途中にあったカフェになんとなく入る。すいていた店内には静かなクラシック音楽が流れていた。恵梨がアイスティーをトレーに乗せてテーブルに置くと、朝紀もホットコーヒーを持ってきた。学外で二人でいるのは初めてだが、受けている授業や来年からの専攻の話、調べた呪歌の論文の考察など、会話がはずむ。

ふと恵梨は、マスクを外した朝紀の顔を初めて見ることに気づいた。あんまりじっと見ているると思われないように、ちらちらと目をやる。

色白な頬はつるりとしていて、口元に小さなほくろがある。涙袋が大きく見えて、顔立ちの甘さを引き立てている。結構綺麗な顔をしているんだな、と思った。

こっそり盗み見ていたことに気が付いたようで、朝紀が「何?」というような目で見ている。ううん、と軽く首を振りながら恵梨は口を開いた。

「サトー君のマスクしてない顔、初めて見た気がする。綺麗だね」

そしてアイスティーをひとくち飲む。急に返事がなくなった朝紀のことをちらっと見ると、さっきまでの表情の明るさが消えている。慌てて、恵梨はもう一度口を開いた。

「どちらかというと可愛い系、だよね。色白だし、まつ毛も長いし、羨ましい」

恵梨は内心あせった。何かまずいことを言ってしまったのだろうか。なにか勘違いされているような気もしたが、それ以上何も言うことができずに、間を埋めるようにまたアイスティーを飲んだ。

結局その後はぎこちなく時間だけが流れて、それぞれ帰路についた。

次の週の日本古典文学研究の授業で、いつも通り先に来ていた朝紀の隣に座る。

「先週はありがと。おかげで伝承なんとかなりそう」

話しかけても、朝紀は恵梨の方をろくに見ることもしない。よかった、とだけ口にして、あからさまに会話を続けたくないという態度。すぐにスマホに目を落としてしまう。恵梨もムッとして、それ以上話しかけることをせずに、スマホを開いた。

なんなの。そんな嫌なこと言った？　気に入らなかったなら、言葉で伝えないとわかんないし、仮にも日本文学科なら表現の限りを尽くして伝えるべきじゃない？　自分は怒ってますって態度だけで周りが何とかしてくれるのは、プリンセスとベイビーだけだから。ねぇ何様？

恵梨は頭の中でひたすら文句を並べながら、ただ流れていく画面をぼんやり眺め続けた。

「あのさ、ちょっと音々《ねね》に聞きたいことがあるんだけど」

一つ下の音々と恵梨は、高校が同じで、恵梨が大学生になっても一緒にランチをしたり、遊んだりしている。今日来ているのは音々おすすめのアフタヌーンティーだ。

「大学の友達が急に機嫌悪くなって、よそよそしいんだけど、どうするべき？」

ティーポットからカップへ紅茶を注ぎながら言うと、音々が首を傾げた。

「思い当たることは？」

「私が言ったことがきっかけかもしれないけど、そんな変なこと言ってないっていうか、むしろ褒め言葉じゃんねっていうか」

「なんて言ったんですか？」

「顔が綺麗とか、可愛い、とか」

恵梨が朝紀のことを話すと、あー、といいながら、音々が困ったような顔をする。恵梨はやっぱり自分のせいか、と慌てた。

「見た目へのコメントって結構デリケートじゃないですか。例えば背高くて良いね、とか相手は褒め言葉のつもりでも、本人はコンプレックスかもしれないですし。悪気がないのはわかっているから、気まずいじゃないですか。早く謝っちゃった方が楽ですよ。その人のこと好きなんですよね？」

急に言われた言葉に恵梨の思考が止まる。

「あれ、違いました？　恵梨さんが人のこと気にしてるのも珍しいですし」

ここしばらく、恵梨には彼氏がいない。

今まで付き合ってきた彼氏は全員年上で、自分は年上派で、朝紀は同い年。名前は忘れたけど最近人気の濃い顔の若手俳優もかっこいいと思う。朝紀は綺麗な顔立ちだけど甘めだしタイプが違う。あとは歴代彼氏は共通してちょっとチャラい。そう、だから、朝紀とは正反対。

「サトー君はそういうんじゃないよ」と音々に答えながら、明日はちゃんと謝ろうと思った。

家に帰ってから、恵梨は机に向かって、丁寧に爪の手入れを始めた。朝紀と気まずくなってからずっと落ち込んでいた気持ちが、たくさんのネイルたちによって少し軽くなる。似たような色でもひとつひとつが違っていて、どれも恵梨にとっては宝物だ。

今日は何色を塗ろうかなと考える。明日は日本古典文学研究の授業がある。きっと朝紀もいる。あの日ペアになって初めて話した時と同じ、紅梅のマニキュアを手に取った。

教室に行くとまだ朝紀はいなかった。朝紀どころか、誰もいなくて、少し張り切りすぎたかなと恵梨は一人苦笑する。ＳＮＳを見ていても妙に落ち着かなくて、スマホを机に置き、自分の爪を眺める。まだ夏の暑さが残っていたあの日とは違い、もう秋も暮れて寒さが沁みるようになった。移ろう季節に合わせて少しずつ色んなものが変わっていく。

「あ」

その声に振り向くと、朝紀が立っていた。がらんとしている教室はよく声が響いた。

「おはよう。はやいね」

「おはよう。小川さんも」

ぎこちなく会話を交わす。恵梨は紅梅に彩られた爪を見ながら深く息を吐いた。

「ねえ、この間、ごめん。なんか、無神経だったかも」

恵梨は朝紀の顔を見ずにうつむきながら言った。

「ううん。僕の方こそ不機嫌になっちゃって、ごめん」

「いや……うん。ちょっとそう思う」

恵梨が顔を上げて見ると、朝紀が笑った。

「僕、男なのに変かもしれないけど、ネイルとかそういう綺麗なものが好きで、だけど僕って結構女顔だからやっぱりからかわれたりとかしてて、だんだん見た目について褒め言葉でも言われることが嫌になっちゃった。だからいつも目立たない服着てる」

恵梨は、そっか、と言った。

「あ、でもね、小川さんがおしえてくれたから、見て」

朝紀が自分の爪を見せる。言われないとわからないくらいの薄いピンク色。ところどころはみ出したりムラになったりしていて、恵梨は微笑んだ。

「男の僕でも違和感のない色とか、いろいろ調べながらやってみたんだ。何回もやり直したけどむずかしいね」

恵梨も自分の爪を見せる。今日は表面のツヤを抑えた紅梅色だった。

「あれ、なんか質感違う？」

「マットっぽくしたんだ。もう冬だから」

朝紀がへえ、すごいな、とつぶやくのを見て恵梨はためらいがちに口を開いた。

「サトー君が私の爪、キレイって言ってくれて嬉しかったし、もっと話したいって思った。あんまり男の子だからどうとか、そういうの関係なかったよ。今度、ネイルしてあげる。なんでもいいよ、好きな色に塗ってあげる。何色がいい？」

朝紀は驚いたように恵梨を見たが、少し考えてから、マスク越しでもわかる笑顔で言った。

「じゃあ、小川さんとおなじ、その紅梅色がいい」

朝紀の笑顔が眩しくて頰が熱くなる。恵梨は紅梅色の指先を見つめるふりをした。

桔梗は朝露を受けて咲くというけれど、
夕暮れの光を受ける姿こそ美しい。
（巻第十２１０４）

好きになること

雪《ゆき》寒《さむ》三《み》 咲《さきに》者《は》不《さ》開《かず》 梅《うめの》花《はな》
縦《よし》比《この》来《ころ》者《は》 然《かく》而《て》毛《も》有《ある》金《がね》

目覚めは最悪だった。

昨日の記憶は途中からなく、床で寝たせいで背中が痛い。お風呂も入らずに寝落ちしたみたいで髪はたばこ臭いし、メイクも落としてない。唯一良かったのは、ここが自分の家だということだけだった。

「やばい。久しぶりにやらかした。さすがにやばい」

時計を見るとまだ朝の六時過ぎで、とりあえずシャワーを浴びようと静かに部屋を出る。玄関から自室までの廊下には、おそらく歩きながら脱ぎ捨てたのだろうと思われる洋服たちが落ちていて、これぞ令和版ヘンゼルとグレーテル、と思った。

洋服を拾いながら浴室に行き鏡を見ると、二日酔いのむくんだひどい顔が映っている。今日が土曜日で何もなくてよかった、と安堵した。

「そんなに調子乗ったかな」

クレンジングバームを馴染ませ、くるくるとメイクを落としながら鏡の中の自分に問う。

昨日はたしか幼馴染の華《はな》ちゃんと彼氏とその彼氏の友達と四人で飲んだ。彼氏の友達はなかなか美形で、男性アイドルのあの人に似てるんじゃないなんて話をして、いい感じだったからこのまま二人で二次会でもって言ってて……。あーやばい、そこから先の記憶がない。

とにかくシャワーを浴びて、タオルで髪を拭きながらツイッターを見る。よく知らないアイドルの写真集発売のニュースがトレンドになっていて、ふうんと思った。そういえば弟の大学に現役アイドルがいて、前に同じ大学の「友達」と二人でライブに行っていたことを思い出した。楽しかったよ、と言っていたけれど、多分その友達って彼女なのでは、と推測している。一緒に住んでいる弟は姉から見ても真面目ないい子だけれど、ちょっと浮世離れしていて、間違ってもアイドルに興味を示すタイプではなかったから。

「朝紀《あき》にも彼女ができたとして、私の運命の人はどこですか」

リビングのソファにぐだりと横たわる。急に睡魔に襲われて、私は意識を手放した。

「姉さん、スマホなってるよ」

弟に揺り起こされて、髪も乾かさずに爆睡していたことに気づいた。

「あーだれ。まじでだれ」

出した声は低くて乾いていた。アドレスに登録されていないようで、十一桁の数字が羅列されていた。無視していたが、しばらく待っても鳴りやまない。まさか昨日なにかやらかしたのだろうか。弟からの白い目にも耐えきれず、軽く咳払いをしてから渋々電話に出る。

「もしもし」

「やっとでた。瑞葉《みずは》って電話キライだっけ？　ま、いいや。おめでとう、デートしよう」

「は？」

「もしかして、あたしの声、忘れたとかないよね」

上機嫌なこの声と話し方には覚えがあった。でも、最近は全然連絡も取ってなくて疎遠だったし。寝起きの、しかも二日酔いで痛む頭をフル回転させながらおそるおそる尋ねた。

「もしかして、妃芽《ひめ》？」

「正解！　忘れられてたら、どうしようかと思ったわ。じゃ、鎌倉駅に十時でいいよね。なんかあったらインスタにＤＭ送って。瑞葉のＬＩＮＥどっかいったし」

そう言って一方的に切られた。だんだん冴えてきた頭が言われたことを理解してくる。

「待って、時間なさすぎでしょ、妃芽のバカ。朝紀、今日私ご飯いらない、よろしく」

弟に向けて叫び、私は慌ただしく身支度を始めた。さっき化粧を落としたばかりの肌に、もう一度化粧をしながら、肌荒れしませんように、と祈った。

「朝紀、ごめん、時間あったら、チョコラＢＢ買っといて。今度なんかおごるから」

もう一度叫ぶと、呆れたような声が返ってきた。

「いいけど、今日は飲みすぎないでよ」

弟に諭される情けなさに二日酔いとはまた違った頭痛がした。


初めて付き合った男の子は健太《けんた》くん。高校二年の時に友達に誘われて行った男子校の文化祭で声をかけられ、そこからよくわからないままに告白されて、付き合い始めた。女子校だったから異性との接し方なんてよくわからなかったし、別に好きじゃなかったけど、耳を真っ赤にして告白されたら満更でもない気持ちになって、「いいよ」と言っていた。きっと付き合っていくうちに好きになって、ドキドキするのかもしれないという期待もあったし、高校生の恋愛なんてその程度だと思っていた。

一緒に行った夏祭りで、花火の下でキスをした。唇が触れるだけの、ほんの少しの可愛いキス。こんなにロマンチックなのに、私の心は全然ドキドキしてくれなくて、キスしているんだなって感想だけで終わった。でも、花火の音が私の心臓にも響いて、ちょっとドキドキしているような気持ちになってきて、安心した。大丈夫。きっとこのまま好きになれる。

でも、やっぱり好きなのかよくわからなくて、それからちょっと避けるようになり、なんとなく気まずくなって、ぎくしゃくして、そのまま別れてしまった。

「瑞葉っておれのこと、どう思ってるのかわかんない」

健太くんに言われた言葉は図星で、だからなんにも言えなくて、ただ長い髪で顔を隠してうつむいていたら、彼は行ってしまった。彼を傷つけてしまったなあと思った。

二人目はサークルの先輩の俊樹《としき》さん。すごく優しくて甘やかされていた。告白されたときは迷ったけれど、「今は好きじゃなくていいから。これから付き合っていくうちに好きになってくれればいいし、無理だったら別れていいから」と言われて、流されるようにうなずいた。キスもした。その先だってした。

俊樹さんにはすごく大切にされていると実感することが多かった。ドキドキもしたけれど、今思うとそれは優しさに見合うものを返せているのかという後ろめたさだったのかもしれない。傷つけたくないといつも思っていたから、これが恋なのかどうか、考えることもあんまりなかった。

華ちゃんにきいたら、

「好きな人っていうのはね、胸がギュッてして、幸せなんだけど、でもなんか切ないみたいなきゅうってした気持ちにもなって、私のこと好きだったらいいなあ、どうやったら好きになってくれるかなあっていつも考えちゃうんだ」

と言っていた。俊樹さんといるときの私の心はずっと凪だなあと思った。

しばらく付き合ったけれど、結局私は振られた。

「瑞葉が俺のこと、一生懸命好きになろうとしてくれてるのは伝わるし、多分嫌われてはないんだよね。でも、多分瑞葉の好きって、仲のいい先輩、みたいなそういう好きでしかないと思うんだ。なんか、こう、瑞葉に申し訳なくなるんだよね」

気を遣って優しく振ってくれたけど、また恋人のことを傷つけたということはわかった。

あんなにやさしい人なのに。あんなに素敵な人なのに。それなのに好きになれないなんて、もしかしたら私の恋愛対象は男の人じゃないのかもしれない、と思った。

二十歳を過ぎたころ、インターネットでいっぱい調べて、新宿のバーに行ってみた。恋愛対象が異性だけじゃない女の人が多く集まるバーは、はじめは怖かったけれど慣れたらなんてことない場所だった。知らない人と仲良くなって、一緒にお酒を飲んで、みんな女の人だったから、なんだか高校生のころみたいで楽しかった。

そこで出会ったのが妃芽だった。一つ年下の派手で笑顔が幼い女の子。天才的に人の話を聞くのが上手で、私は今までのことを全部話した。妃芽は間を置いてから、「じゃあ、あたしと付き合ってみない？　お試しで全然いいし、あたしたち、相性いい気がする」と言った。

久しぶりの妃芽との待ち合わせで、懐かしい記憶が蘇った。あの頃の私は今よりずっと一生懸命生きていた気がする。

「さすが瑞葉、時間ぴったりだね」

鎌倉駅東口にいた妃芽は、私の記憶と大きく変わっていた。一生染めるつもりはないと言っていた長い黒髪は、ホワイトベージュのセミロングになっている。二日酔いの私には凶器に思えるほどの強い日差しが、妃芽の髪をきらきらと輝かせていた。

「ほんとに妃芽？　雰囲気変わったね。あれから五年？」

「それだけ経てば変わるよ。逆に瑞葉は変わらなすぎじゃない？　髪色も髪型も服装も」

妃芽に笑われて言葉に詰まる。私は、あの夜から変わっていない。なにもかも。でもそれを素直に認めるには、まだ私の傷は生々しいままだった。

「私はこれが好きなの。ていうかなんで急に電話してきたの？　音信不通だったじゃない」

「いいじゃん。あたしたち、親友でしょ」

「ただの元カノじゃん。いわくつきの」

「ひどいにゃー。っていうか、メール、来てないの？」

妃芽に問われて私はスマホを開く。通知がたまりにたまって、もう見る気も失ったメールフォルダを開いてしばらく下にスクロールしてみると、迷惑メールや販促メールに交じって、妃芽と付き合っていた時に登録したカップルアプリからメールが届いていた。

「今日は二人が付き合い始めた特別な日からちょうど五年。二人にとって素敵な日になりますように」

すでに別れた恋人との記念日を祝うメールに、私は顔をしかめた。

「これは厳しい」

「瑞葉、全然メール見ないもんね。ちなみに毎年お互いの誕生日と記念日に届いてるから」

妃芽の言葉に絶句する。毎年メールを届けてくれるアプリの健気さと、それが届くことによって毎年別れた相手のことを思い出さなければいけない苦行に、私はまた頭痛がした。

「一刻も早く退会しよう。アプリ消せばいいと思い込んでたわ」

ネットでカップルアプリの退会方法を調べようとすると、妃芽が私の腕をとった。

「とりあえず観光しようよ。御朱印帳あるよね。あたしもう三冊目なんだけど、瑞葉は？」

そう言いながら小町通りの方に歩いていく妃芽に、半ば引っ張られるようにしてついて行きながら、そういえば妃芽はこういう強引なところがあるんだった、と思い出していた。

妃芽は彼女として完璧だった。

「恋人っぽいことといっぱいしようよ」と、本当にいろんなことを一緒にした。ディズニーランドでおそろいの耳をつけて、ピューロランドでリンクコーデをした。わざわざ千葉に海を見に行ったし、高尾山に登ったこともある。すみだ水族館のクラゲの水槽の前でこっそりキスをしたし、上野動物園ではパンダと一緒に写真を撮った。映画を観に行こうと誘ってきたのは妃芽なのに開始二十分で爆睡して最後まで起きなかったし、私がどうしてもとねだったプラネタリウムではホールが明るくなるまで私が寝た。

こんな風に鎌倉デートをしたこともあった。朝の待ち合わせ時間に妃芽は寝坊してきて、私の機嫌は最悪だった。でも小町通りでかわいいお団子を買ってもらって、あっさり機嫌を直した私は、階段を嫌がる妃芽の手を引いて鶴岡八幡宮の階段をすいすいのぼった。新江ノ島水族館では王道すぎるとキスをしなかったのに、江島神社の人気のない裏手でキスをして、「あたしたち最悪にバチあたりなことしてるね」と言って、くすくす笑った。懐かしくて幸せな思い出。

「瑞葉、なんか食べる？」

小町通りには色々な飲食店が並んでいる。色とりどりのお団子が並ぶお店のかわいらしい店員さんがこっちを向いて、「いらっしゃいませ」と声をかけてくる。

「私はいいや。二日酔いで気持ち悪い」

そう言うと、妃芽はおかしそうに笑った。

「瑞葉が二日酔いなんて珍しいですなあ」

妃芽はあまりお酒が好きではなかったから、妃芽と付き合っていたころはお酒なんて全然飲まなかった。恋人の前では良い子ぶってしまう私に、飲み会によく誘ってくれる友人の佳《か》恋《れん》は、わかりやすすぎるよ、と呆れたように言った。

「鶴岡八幡宮、来るの久しぶりだ」

楽しそうに神社を眺める妃芽の横顔を見つめる。急にこんな昔を懐かしむような鎌倉デートに連れてこられた意味がわからなくて、なんだか少し怖かった。

本宮へ続く階段は記憶よりもずっとしんどい。眉を寄せて階段をのぼる私の姿がそんなに面白いのか、妃芽はくすくす笑いながら写真を撮っていた。

「妃芽、もう三冊目なんだね。すごい」

御朱印をもらって、駅に戻りながら言う。妃芽と別れてからは御朱印帳を見るのも嫌になり、私のものはそのまましまい込んでしまった。

「仕事で色んなところ行くから、自然と増えたんだよね」

「あれ、今仕事何やってるんだっけ」

「ヴィンテージのものを扱う店の店員。服とかアクセとか小物とか」

妃芽っぽいなと思った。センスが良くて話すのも聞くのも上手な妃芽はどこにいても好かれるだろうけど、ショップ店員というのは特に合ってると思う。

混雑した江ノ電に乗りながら、私たちはぎこちなく話をした。いや、ぎこちなさを感じているのはきっと私だけだった。私が一人で罪悪感と悔しさを引きずって、意識しているだけなのだろう。明るく楽しそうに日々を過ごしているように見える妃芽が羨ましくて、羨ましいと思っていることがなんだか嫌だった。

あの頃の妃芽との日々は今までで一番楽しくて、充実していた。付き合っていくうちにキスにも慣れて、私から仕掛けることも出来るようになった。私は満足していた。恋人としての色んなことをクリアできているし、完璧だとまで思っていた。うぬぼれていた。

だから、夜中に妃芽の部屋で肌を合わせたあと、急にお腹がすいたと、Tシャツ一枚でカップ麺を作り始めた妃芽が口にした言葉は信じられなかった。

「あたしたち、友達に戻る?」

「え」

唐突に言われた言葉が理解できなくて聞き返す。

「だって、あたしのこと別に恋愛的な意味で好きじゃないでしょ。キスもセックスもなんか義務って感じだし」

カップ麺のジャンクな香りが部屋中に満ちて、他人事のように、あ、これ本当の別れ話だなと思った。

「でも、妃芽といると毎日すごく楽しいし、セックスも全然嫌じゃないし、私、恋人としてなんかダメなとこあった？」

我ながら必死だと思った。私が言ったことは事実だけれど、しなくていいならキスもセックスもしたくない。二人で出かけるのは楽しくても友達と何が違うのかよくわからなかった。

「別にいいと思うんだにゃー」

はふはふ言いながら妃芽はカップ麺をすする。ズルズルという音と別れ話がミスマッチで、私はなんだか気が抜けた。

「いいって、妃芽はいいかもしれないけど、私にとっては死活問題なんだよ」

「別に恋しないだけで、なんにも問題ないよ。あたしとは別に友達に戻ればいいだけだし」

「でも恋しないって、全然普通じゃないし」

ふと自分が裸なことに気づいて近くにあった自分のTシャツをかぶった。首元から出した長い髪が広がると、妃芽のシャンプーの匂いがした。ホワイトローズの香りとパッケージには書いてあったけれど、あんまりよくわからない人工的な花の匂い。

「いやいや、女の子と恋してるのも別に普通じゃないっしょ。まだまだ今の時代は異性と恋をして、結婚するのが普通じゃん」

「でも、恋する人としない人じゃ、しない人の方が少ないし」

妃芽が「食べる?」とカップ麺を差し出したが、「いらない。太る」と首を振って断った。いくら食べても太らない妃芽と違って私はちゃんと体につくタイプだ。

「瑞葉はさ、そろそろイマドキの女になりなよ。普通って考えが古いにゃー」

カップ麺のスープを飲み干しながら妃芽が言う。

「さっきと言ってること違うし、他人事だと思ってふざけてるでしょう」

「ふざけてるのかな」

「語尾がふざけてるでしょう。にゃーにゃー言って」

私は膝に抱えたクッションを軽く叩く。ぽふぽふと間の抜けた音がした。

「だってこんな話、ちょっとふざけてないとやってられないよ。あたし、瑞葉のこと好きだけど自由にしてあげるって言ってるんだよ。ほんとはずーっと一緒にいたいけど、友達に戻ってあげるって言ってるの。優しさだよ」

妃芽はキッチンにカップを捨てに立った。私は気まずさに耐えきれなくなってうつむく。

やっぱり傷つけるのか。どんなに大切にしているつもりでも、いつもどこかで同じことの繰り返しのように恋人を傷つけてしまう。なんでこんなに欠陥品なんだろう。

「ご、めん」

それ以外に言う言葉は見つからなかった。

「いや、今のはあたしが悪いね。意地悪な言い方したし、最初から瑞葉はわからないって言ってくれていたし、試そうって言ったのはあたしだからね」

妃芽が少しばつの悪そうな、いたずらしたのがばれた情けない犬のような顔をした。強い言い方をしたことすらも妃芽の思いやりであるということが苦しいくらいにわかってしまって、何も言うことができなくなった。

「えーと、一旦寝るか、にゃ？」

いつの間にか歯を磨き終えたらしい妃芽がぎこちなく笑いながら隣に滑り込んできた。シングルベッドは女子二人でも狭くて、いつもぎゅうぎゅうにくっついて寝ていた。今はどうするのが正解なんだろうと体をこわばらせていると、妃芽は、

「もっと壁寄って。落ちる」

とぎゅうとくっついてきたので、なんだか安心してそっと抱き寄せた。

「妃芽、ごめんね。恋の気持ちで好きになれたらよかった。こんなに大事なのに、友達にしかなれなくてごめんね」

「そういうの最悪。あたしが振ったはずなのに、なんで振られたみたいになってるのよ」

ちょっとだけ涙のにじんだ声がしたけれど、私はどうすることもできずに、気が付かないふりをするしかなかった。


久しぶりのデートは楽しかった。私は二日酔いだということも忘れ、ぎこちない居心地の悪さも含めて途中から楽しんでいた。あの時行かなかった長谷寺に行くことができて良かったし、お気に入りのしらす丼の店に入ったら前のデートの時と同じ席に案内されて、二人で笑った。新江ノ島水族館ではイルカショーを見ることができた。カエルも虫も平気で触れる妃芽がなぜかカピバラを怖がることも知れた。

いつの間にか日が暮れていた。

沈む夕陽を見ながら、私たちは江島神社に向かって歩いていた。

「夕陽、綺麗だね」

私が言うと、妃芽は大袈裟に驚いた顔をした。

「瑞葉に夕陽を綺麗だと思う情緒が育ってる。月日の流れ、こわ」

あまりにも失礼な反応に肘で小突くと妃芽は楽しそうにけらけらと笑った。当時の私は人前ではにこにこと「景色綺麗ですごーい」と写真を撮り、妃芽と二人になった瞬間「景色とかよくわかんないな」と言って写真を消すような人間だった。思い返すと、本当に最悪だなあと思う。

「今でも写真に残す意味とかはあんまりわかんないし、普段こんなこと思わないけど、今は綺麗かもって思った」

「わお、熱烈な告白だね。それって、あたしと見る夕陽が綺麗ってことでしょ」

そうなのかはわからなかったけれど、妃芽が嬉しそうだったので否定しなかった。そして、この気持ちが恋ならいいのに、と思った。恋ではないことを、私はもう知っていたけれど。

日が暮れた江島神社に人はほとんどいない。薄暗い中で、私たちはかけられた絵馬を眺めた。絵馬には色々な願いが託されていて、人の願いを盗み見ている罪悪感が生まれる。「また二人で来たい」という絵馬を見つけ、叶うわけないのに、という意地悪な気持ちになった。

不意に私の唇から言葉が零れ落ちる。

「キスしようよ」

妃芽がなにかを問うように私の方をじっと見る。だから、聞き間違いじゃないことを証明しようと思ってさっきよりも大きな声でもう一度言った。

「キスしようよ」

「しても何も変わらないよ」

「わかんないじゃん。やっぱり私は、妃芽が好きかもしれないじゃん」

そんなことを言っている時点で答えは明白で、それでも諦めきれなくてもう一度言った。

「一生のお願い。キスして」

妃芽はため息をついて、一瞬唇が触れるだけのキスをした。

「これでいい？　あたしのこと、好きだった？」

何も言えなかった。私の心はドキリともしなくて、ただいつも通りに鼓動を刻んでいた。

「瑞葉はなんでそんなにこだわってるの？　べつにいいじゃん、恋じゃなくても。友情でも好きは好きだよ。種類は変わったけど、あたし瑞葉のことちゃんと好きだよ」

本当は分かっていたのだ。どれだけ恋愛の真似事をしようとも、私の心は友情以上に動かない。無理に欲しがって、恋愛のかたちにこだわり続けていたのは、「恋愛をするのが普通のはず」という思い込みに基づいたエゴでしかなかった。

「さっき、キスさせてごめん」

「あれは友情のキスだから問題ないよ」

そして、本当はほっぺにしてごまかそうと思ったけど、リップが付きそうで怖いから、付いても大丈夫な唇にした、と続けた。妃芽は本当にモテそうだなあとしみじみ思いながら、ふと思い出したことを尋ねてみた。

「そういえば、なんで今日急に鎌倉に連れてきたの？」

「まだ思い出してなかったんだ」

そう言って妃芽はあのカップルアプリを開き、アルバムから一枚の写真を表示させた。

そこには、「五年後にもまた二人で遊びに来れますように」という絵馬を持った私たちの写真があって、私は思わず頭を抱えた。

「わ、私たちやること若すぎない？　二十歳そこそこだったけど、あーそうか」

「願い叶ったにゃー」

そう言った妃芽の声は完全にふざけている。

「でもこれじゃあ、ご利益じゃなくて妃芽が叶えてるじゃん」

「じゃあ今日から妃芽のこと神様だと思って敬っても良いにゃー」

こんなふざけた神様は要らない。

「妃芽は神様じゃなくて、ただの親友」

私がそう言うと、妃芽は嬉しそうに笑った。

雪が寒いので咲き渋っている梅の花よ、
まあしばらくはそうしたままでも良いのではないかしら。
（巻第十2329）

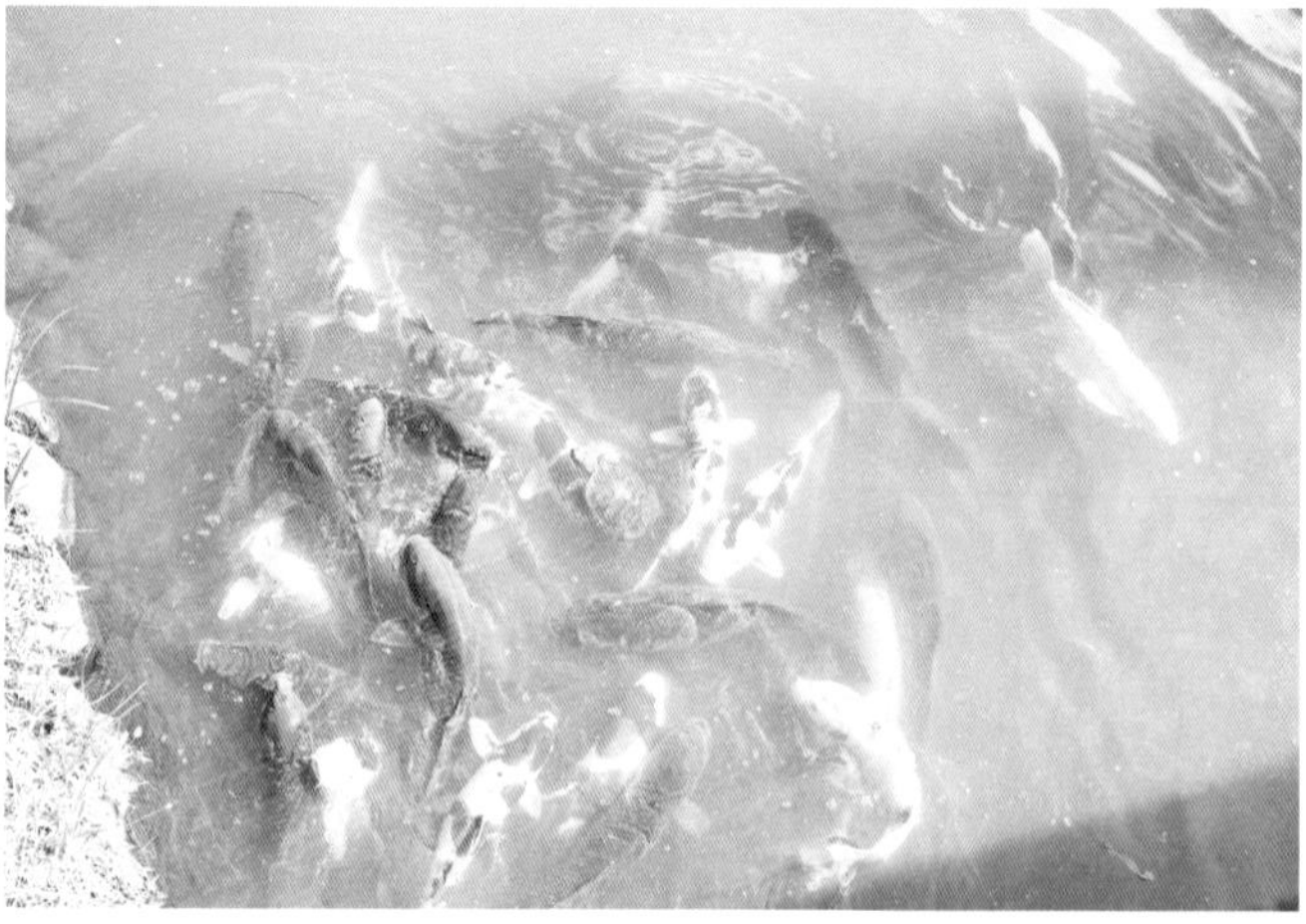

流しのしたの骨
江國香織著

神祇全書
全5冊揃
日本古地図大成
明治神社
誌料 全4冊
CROQUIS
家庭医学

POSTCARD

まなものふりそでです。

大学の卒業式でもこのふりそでのはかま着ました。

ひとめぼれ、です。

あたまもつけてもらいました。

うちの米は
新之助です。

まなも

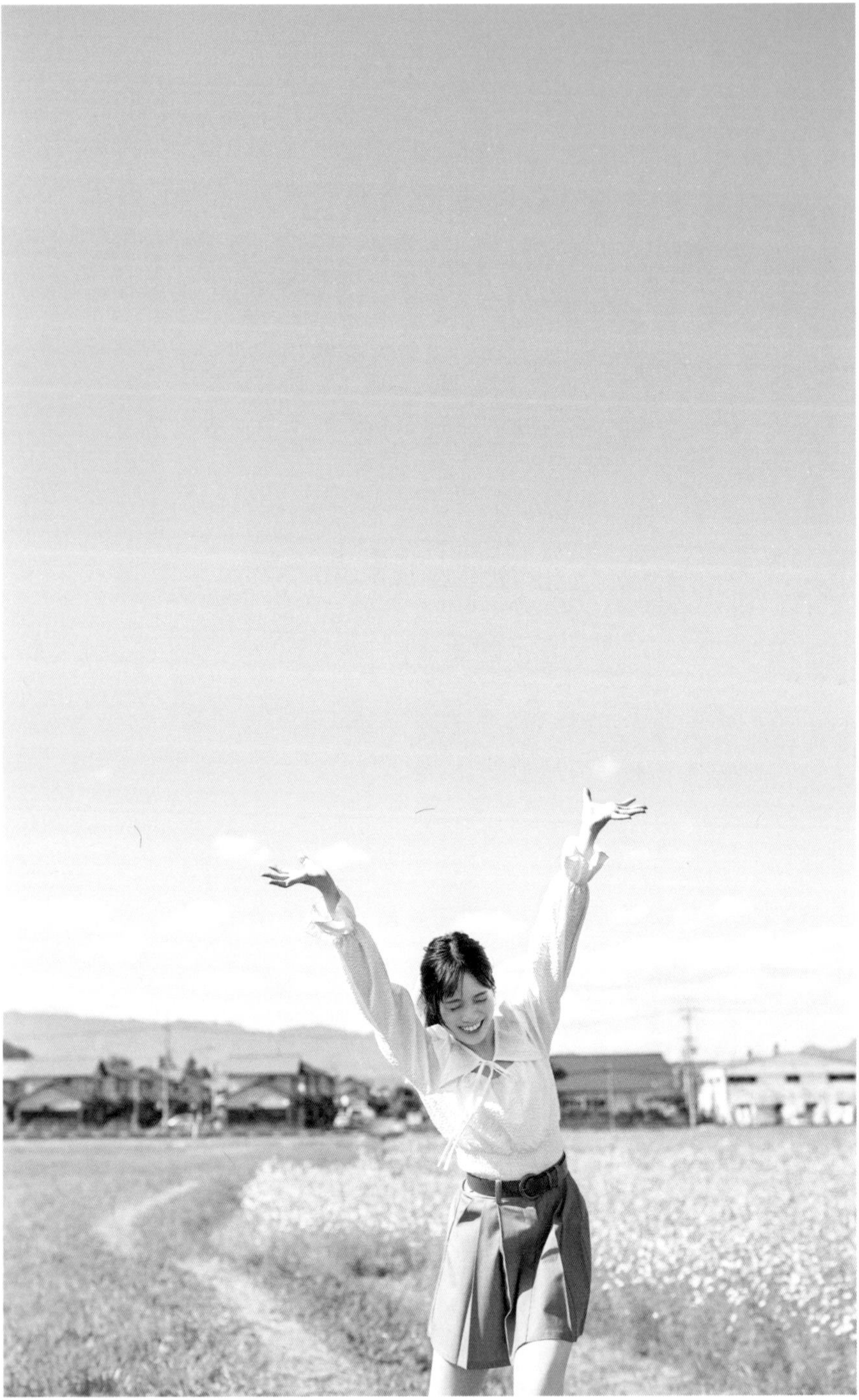

SONY

万葉集

つなぐ

留《とどめ》不《え》得《ぬ》　壽《いのち》尓《に》之《し》在《あれ》者《ば》　敷《しき》細《たへ》乃《の》
家《いへ》従《ゆ》者《は》出《いで》而《て》　雲《くも》隠《がくり》去《に》寸《き》

シルバーウィークの新幹線は家族連れでにぎわっていた。

隣に座っているサラリーマン風のオジサンが不機嫌そうに足を組み替えるのを横目で見ながら、私はイヤホンを耳に押し込んだ。友達から勧められた曲で埋まったプレイリストは洋楽からアニソンまで幅広くて、自らの意思のなさを表しているな、と苦笑した。

連休の宿題として出た進路希望調査は真っ白なまま鞄の中に入っていて、私は窓の外をぼんやりと眺めながらため息をつく。来年から文系理系に分かれたクラス替えになるため、ある程度、進路は決めなくてはならない。そんなことはわかっていたが、決めきれずにここまで来てしまった。好きなものも、やりたいことも特にない。得意な教科も、私の成績の中で見ればの話。何にも秀でていない私ができることってなんだろう、とずっと考えている。

父も母もきっと私に理系に進んでほしいのだと思う。はっきりとは言われないし、やりたいことをやれって言われるけれど、二人とも自分の学んできた学問を愛している人だから。母は栄養学がこの世で一番楽しい学問だと思っているし、父は化学がこの世で一番必要だと思っている。ちょっと偏りすぎって思うけど、何にも興味がない私には羨ましい。

考え事をしているうちに新幹線は京都に着こうとしていた。隣のオジサンは足を伸ばして眠っていて、起こさないようにそっとまたぐ。帰りは通路側にしようと心に決めた。

　京都駅からは近鉄で、四十分くらい電車に揺られると、私の旅の目的地、奈良に着く。奈良は母の故郷で、今も変わらず母の実家がある。駅までは祖父が車で迎えに来てくれて、私は助手席に乗り込んで祖父母の家に向かった。

「礼緒《れお》、久しぶりね。また背伸びたんじゃない？　お部屋はお母さんのところでも、陽《よう》のところでもいいからね」

　陽さん。二十五歳で亡くなったらしい母の妹。あんまり詳しくは知らないけれど、日本文学科で、大学院まで行ったという。母のいとこを含めた中で唯一の文系で、母曰く「礼緒とちょっと似てる」のだそうだ。そういわれたから、でもないけれど、私は陽さんのことが知りたくてここに来た。陽さんのことがわかればヒントがもらえるかもしれないと思ったから。あとは、ついでに奈良観光でもして休みを満喫しようかと。こっちが本音かもしれない。

　母の実家に来るとたまに足を踏み入れる陽さんの部屋は母の部屋と比べて本が多い。壁一面に本棚があり、他にもたくさんのノートや紙類などが置かれている。万葉集が好きだったらしく、万葉集関連の本が多い。それ以外にも源氏物語や義経記など王道の古典文学も多く置いてあるところに、この人は古典が好きだったのだなあと思った。

　ふと、机の引き出しを開けた。なぜだかわからないけれど、何かがある、という確信をもっていて、自分でしたことなのに少し戸惑った。そこには表紙に「ＤＩＡＲＹ」と金色の文字で刻印されているノートと万年筆が無造作にはいっている。薄い黄色い、銀杏のような色をして、何度も開かれたのであろう少し古ぼけた日記帳。

　私はその日記帳を手に取り、恐る恐る開いた。

八月三十一日
心臓が痛いような気がして目が覚めた。病院の先生は治るっていうけど、子どものころから良くなるよって言われ続けてるのにまだ治らないから、正直信用できない。とりあえず今年はお姉ちゃんが受験だから、何事もないと良い。受験って聞くだけで大変そうだけど、私はこんな体で大学に行けるのかな。

九月二十一日
進路は文系にした。理系のクラスはなんかがつがつしてて、私には向いてないとおもう。文系科目の中では、国語が一番すき。文章を読むのは結構楽しい。古文でもそんなに苦労しないで読めるのは私の長所。ラッキーだな。なんか和歌はよくわかんない。あんな言葉少なくて何を伝えられるというのだろう。

十一月七日
今日、和歌と私の感覚がかみ合った。意外と読めるかもしれない。先生が、教科書に載ってる歌はつまんないって言って、万葉集から持ってきてくれた短歌がめちゃめちゃ面白かった。あんなにドラマティックなんてどうして誰も教えてくれなかったの?なんか他に面白いやつないのかな。もっと読みたい。こんな感覚久しぶりだ。

昨晩見つけた日記は陽さんのものだった。人の日記を盗み見ることには少し罪悪感があったが読んでみるとそれはあまりにも「濃密」で、人生が詰まっていた。陽さんの人生を彩ったたくさんのものについて素直に書かれていて、私には眩しい。

「いってきます」

祖父母に声をかけて家を出る。陽さんの日記を読んで行きたくなった場所があった。

陽という人は、母の妹で私のおばだけど、日記に書かれていた姿はそのどれでもない、ただの等身大の若い女の子だったからかもしれない。母が時々言う「なんか陽に似てきたね」という言葉が思い出される。

陽さんは、何を見て何を思ったのだろうか。それが無性に知りたかった。それを知ることができたら、私の進路も見つかるかもしれないなんて淡い期待を抱いているのかもしれない。そんなことを思って少し恥ずかしくなった。

最寄駅から近鉄奈良線に乗り、窓の外を眺める。考え事をする間もなく大和西大寺に着いて、近鉄橿原線に乗り換える。手元の乗換アプリとホームの番号を照らし合わせながら、特に急ぐことはなく乗り換えた。普段の生活では別に急いでいなくても慌てて乗り換えようとしてしまいがちなので、ゆったりと移動する感覚が新鮮で面白い。

私は乗り込んだ電車の空いている席に座り、鞄にしのばせてきた陽さんの日記を開いた。

四月一日

入学式は特に何もなく終わって拍子抜け。友達出来るか心配だけど、奇跡的に入学できたのだから、頑張って楽しむしかない！
特に図書館が広いのが有名だから楽しみだなあ。大学のパンフレットに書いてあった、約二百万冊を所蔵って全く実感がわかないし、よくわかんないけどきっとすごいんだろうなと思う。っていうか履修の組み方とか何にもわかんない。
こういうのってみんなどうやって調べてるんだろう。授業って何とってもいいのかな。どうなってるんだろ。でも、ほんとに受験して良かった。みんな体調を考えたら無理だっていうんだもん。無理しておいて正解だな。若い時には無茶しておけっていうもんね。

四月八日
通りすがりに声をかけてくれたＥＳＳサークルの先輩が履修の組み方教えてくれるっていうから、学科のオリエンで出来た友達のまどかと教えてもらった。
先輩も日本文学科らしい。どうせ一年生は全然授業取れないんだから、基礎っぽいやつの中から好きなのとればいいよ、って言われた。
私は万葉集がやりたくて、まどかは源氏物語がやりたかったから、とりあえずふたりで古典文学入門みたいなやつをとった。楽しいといいな。

五月十一日
大学に慣れてきた。体調も良い。すべてが順調すぎて怖いくらい。
今日新しく仲良くなった凜《りん》に万葉集の何が好きなのって聞かれた。

言われてみたらあんまり考えたことはなかったな。

多分物語が自由だから好きなのかもしれない。わかってないことが多すぎて、歌を直訳するのも大変なのに、そこから歌の解釈をしないといけなくて、作業が大変になればなるほど逆に自由になっていく感じが好きなのかもしれないとなんだか真面目なことを言ってみる。

早く色んな授業をとって、色んなことを知りたい。


大学に入った陽さんの高揚した気持ちがまっすぐに伝わってくる日記は、読んでいる私にも感情が伝播してきた。日記から顔を上げるたびに目に入る知らない町の景色が、私の感情に引っ張られてより美しく見える。

電車を降りて橿原神宮前駅の改札をでると緑がたくさんあって、のどかな町だな、と思う。私が住む町の駅は住宅地で、のどかというよりは生活に便利に造られているというかんじだから余計にそう思うのかもしれない。

駅から目的地まで歩くには少し遠い。バスかレンタサイクルと公式サイトに書いてあった。自転車に乗るつもりなんて全然なくて、バスで行く気でいたのだけど、もう少しこの奈良の町を見てみたくて、私はレンタサイクルに乗ることにした。

自転車に乗るのは得意でも苦手でもない。乗れる、ってだけ。家から最寄駅までも近いし、滅多なことがないと自転車には乗らないから、久しぶりの感覚に胸がドキドキする。サドルにまたがりペダルをこぐとすい、と軽く進み、当たり前のことになぜだか感動した。

自転車をこぎながら、陽さんは多分自転車には乗ったことはないだろうなと思う。母からは昔よく外で遊んでいたという話を聞くが、そこに陽さんとの話がでてきたことはない。日記に度々体調のことが出てきても、そこまで特別感がない、というか日常の一部として病気を捉えているように思えるのだ。だから、これは単に私の想像というか妄想だけど、陽さんはあまり外に出ずにいたのではないだろうか。

奈良は思ったよりも自然が多い。私だって、東京の田舎の方に住んでいると思っていたけれど多分それよりずっと多い。いたるところに歴史的建造物とやらがあって、古墳とか遺跡とかの看板もたくさん目にした。私にはあんまりよくわからないけど、すごいことなのだろう。歴史に寄り添い、共に生きていることに心惹かれる。人間の歴史の上に、また人間の歴史があるということを、この町はすごくあらわしているのだなと思った。

十月十日

去年は入学したばっかりで全然取れなかった授業も今年はたくさんとれるようになって面白い。前期と後期でつながってないけどつながってる、みたいな授業があることを知ったので、来年からは気を付ける。

そういえばまた薬が変わった。多分悪化しているのだと思う。

私だってさすがに二十歳を超えたら自分の病状がどうとかわかるようになるけど、お母さんは隠したいみたい。急に今日届いた成人式の前撮りの写真を出してきて、綺麗ねえ、なんて言い出した。

たしかに振袖はかわいい。成人式も、卒業式も楽しみ。袴は何色にしようかな。

十月三十一日
今日はハロウィンだからって死者を悼む歌を読んだ。

挽歌は万葉集のなかでも結構メジャーだけど、若者は相聞歌ばっかり読みたがるって言われて笑っちゃった。そりゃあ、恋愛ものは大人気だもん。

でも私、相聞歌よりもずっと挽歌の方が身に染みる気がした。

坂上郎女《さかのうえのいらつめ》の「留めえぬ命にしあれば敷細《しきたへ》の家ゆは出でて雲隠りにき」ってすごい納得じゃない？　みんないつかは死ぬんだし、それが普通なんだよね。

十二月十三日
挽歌が好きって先生に話したら、来年は挽歌をメインに研究したら、って言われた。今は結構幅広くやってるけど、絞るのもありかもしれないな。
まどかは今まで散々源氏物語って言ってたのに、最近急に近現代にハマったみたいで、宮沢賢治になりたいって言いだした。ちょっと意味わかんない。手帳に印刷した宮沢賢治の写真入れてるの見た時は申し訳ないけど引いた。卒論も絶対賢治だって。結構卒論のテーマを決めている人多くて焦る。私は万葉集にすると思うんだけど、万葉集の何にするかが大切だよね。

事前に地図を見たとはいえ、細かく確認もしないで自転車を走らせていたら道に迷った。駅からまっすぐ走って行って飛鳥川を渡って、いい感じに渡ったり曲がったりしたらつくはずなのだけれど、ここはどこなのだろう。初めて見る景色は新鮮で、夢中になってしまった。そんな自分が珍しくて可笑しい。陽さんの日記に影響されているのかもしれない。

一旦スマホで地図を確認するついでに、近くにあったカフェで休憩していくことにした。案内された席について陽さんの日記を開く。細かい字で丁寧に綴られているこの日記からは書くことを楽しんでいたことが伝わってくる。そして、日々の生活の楽しかったことなどの明るい話題の中に時折顔を出す病の話。決して悲観的ではなく、ただ起こったことをそのまま書いていることが、陽さんと病の関係を察せられて切ない。陽さんにとって病を抱えながら生きるのは当たり前だったのだろう。

陽さんについて考えながらアイスティーにガムシロップを入れ紙ストローでかき混ぜた。アイスティーを飲み終え、店を出て、スマホの地図アプリを開くと目的地、万葉文化館まではもうすぐのようだった。陽さんの日記には、日々の出来事の他に、行きたい場所ややりたいことなども多く書いてある。その中でも、特に楽しみにしているようだったのが万葉文化館で、よく調べていたのか、開館予定日や行き方などがノートの端に書いてある。万葉集に魅了されていた陽さんが行きたかった所はどんなところなのか、私は知りたかった。

五月八日

卒論はとても順調。と書きたいところだけど、ほんとは全然ダメ。

就活と並行してやってるみんなはすごいなあと思う。私は進学組だから結局ずっと勉強してればいいから、その点心穏やかかな。点と心がならぶとお腹がすいてくるな。この間まどかと行った点心のお店美味しかったな。あの日は体調がすごい良かったから浮かれて食べ過ぎちゃった。

五月十二日
人はなんで歌を詠むんだろう。うたうことになにを求めたんだろう。

考えても全然わかんなくて困る。自分で歌を詠んでみたけどあんまりわかんなかった。

記念に歌の方も残しておく。後で見て、下手だなって笑えたらいいな。

そうだ。私が死ぬときは辞世の歌を遺そう。とっても良い考え。そして誰かがそれを見つけて、またそこから歌を詠んでくれたら、思い残すことなんてないな。勉強しよう。

ゆくすえをまよいまよいてとどまらんゆかしきみちはだれもしらぬと

六月二日
今日偶然行った古書店が楽しかった。欲しかった本が売っていたのだけれど、ちょっと高くて買えなかった。悔しい。いつかあの本は私が手に入れるんだ。
すこしずつ万葉集のことが分かってきた気がするのに、
ひとつわかると今度はふたつわかんないことが出てきて困る。
このままじゃ一生なにもわかんない。私の一生なんて短いだろうから余計に。

最近体調が良くなくて、余計にそう思う。悔しい。

そういえばまどかの就職が決まったらしい。教員と迷ったけど結局一般企業にしたよって言われた。私の院試が終わったらお祝いをしようってなっている。

それまでに体調ももどるといいな。


母はあまり陽さんについて語らない。聞いたことがあるのは、生まれた時から心臓が弱くて、長く生きられなくて可哀想だったこと。それから万葉集が好きだったこと。それだけだ。母から見せてもらった写真も、外で遊んで日焼けした母と真っ白な陽さんが並んだものばかりだった。だからもっと、おとなしくて、物静かで、弱々しい人を想像していたのだ。

でも、この日記を読む限り、弱々しくなんかない。好きなことにまっすぐで、活き活きとしていて、生きることを楽しんでいるように思える。

陽さんについて考えを巡らせながら自転車をこいでいると、さっき通った道に戻ってきた。今度は憶測で進まずに端にとまってスマホの地図を開く。大丈夫、もう間違えない。正しい道を確認して地図を閉じる。私は昨晩読み終えた日記を、万葉文化館に着く前にもう一度見ておきたくて、地図の代わりに陽さんの日記を取り出した。

八月十二日
夏は暑い。当たり前のことだけど、今の私にはそれが憎い。
大学院に進んで初めての夏休み。久しぶりの入院。

今回は検査入院だから短期の予定だしいいけれど、でも本当は富山に行こうと思ってた。
高岡には万葉集に詠まれたところも多いから、それを巡りたかった。
春休みに予定は変更だなあ。

八月二十九日
退院した。合併症が発症しているみたいでちょっと長引いた。
治るから大丈夫ってお母さんは言う。
でも、お姉ちゃんの青ざめた顔はどう考えても大丈夫な人に向けるものではないから、
一応覚悟はする。辞世の歌を詠む準備もしておこうかな。

九月二十一日
少し重い本が持てなくなっている。最近の私は寝てばかりだ。
少しずつでもできるトレーニングをして、体力を戻さないと。
富山に行きたい。太宰府にも行こう。意外と東京の奥多摩とかも行ってみたい。
まだ行きたいところがたくさんあるな。命、諦めてられないね。

五月十八日
大学院は休学した。治して、また通おう。
明日香村に万葉文化館というものができるらしい。楽しみ。

まどかと行って、色々説明してあげよう。今度こそまどかを万葉集にハマらせてみせる。最近、万葉集の良さをもっと知ってほしいと思うようになった。

今までは一人で楽しんでいたのに、欲が出た。


風を受けながら、万葉文化館へペダルをこぐ。途中休憩をしたおかげで疲れはない。すいすいと進んでいくのが気持ちよい。自転車の揺れで鞄の中にある日記が跳ねている。それを見ながら私は陽さんの人生を想った。

あの日記だけで陽さんのことをわかった気になるつもりもない。けれど陽さんの人生は短くとも可哀想ではなかったんじゃないかと思う。日記の陽さんは、人生を悲観していなかった。希望を語り、好きなことに夢中だった。歌に彩られた日々を、幸せそうに生きていた。

いまはまだ万葉集の良さなんて、全然わかんない。古典の授業みたいに読み解くとか正直に言えばめんどくさい。

でも、一人の人が一生愛し続けたものも、歌に詠まれた景色も、知りたい気がする。

あと少し、もう少しで私は陽さんが最後に目指した場所に着く。

この世に留めてはおけない命ですから、
住み慣れた家を出てお隠れになってしまわれました。
（巻第三　４６１）

本書は書下ろしです。

参考・引用文献一覧

鶴久、森山隆／編『萬葉集』（おうふう）
伊藤博『集英社文庫ヘリテージシリーズ　萬葉集釋注』全10巻（集英社文庫）
中西進／編『万葉集事典』（講談社文庫）
『旺文社国語辞典　第十版』（旺文社）
『角川新字源　改訂新版』（KADOKAWA）
市川孝、山内洋一郎／監修『古文読解のための標準古典文法』（第一学習社）
豊島秀範／監修、皆藤俊司／編著『古文攻略　助動詞がわかれば古文は読める！』（小径社）
中村幸弘『先生のための古典文法Q&A100』（右文書院）
中村幸弘ほか『生徒のための古典読解文法』（右文書院）
上野誠、鉄野昌弘、村田右富実／編『万葉集の基礎知識』（角川選書）
片岡寧豊『新装改訂版　万葉の花　四季の花々と歌に親しむ』（青幻舎）
『池澤夏樹＝個人編集　日本文学全集02　口訳万葉集／百人一首／新々百人一首』（河出書房新社）
小島憲之、木下正俊、東野治之／校訂・訳『日本の古典をよむ4　万葉集』（小学館）
森淳司、俵万智『新潮古典文学アルバム2　万葉集』（新潮社）
佐竹昭広、山田英雄、工藤力男、大谷雅夫、山崎福之／校注『万葉集』全5冊（岩波文庫）
佐佐木幸綱『NHK「100分de名著」ブックス　万葉集』（NHK出版）
多田一臣『万葉樵話　教科書が教えない『万葉集』の世界』（筑摩書房）

STAFF

Total Producer	秋元 康
Producer	秋元伸介 磯野久美子（Y&N Brothers Inc.）
Assistant Producer	中根美里（Y&N Brothers Inc.）
Artist Producer	今野義雄（Seed&Flower LLC）
Artist Manager in Chief	茂木 徹（Seed&Flower LLC）
Artist Manager	森 槙一郎、黒須一帆 平山拓海、小野寺 杏
Photographer	熊木 優（io）
Stylist	北川沙耶香
Hair & Make-up	田村直子（GiGGLE）
Art Director	ニマユマ

Special Thanks

秋元康事務所｜Y&N Brothers Inc.｜東大寺｜橿原神宮｜安倍文殊院｜奈良県立万葉文化館｜奈良ロイヤルホテル｜千寿亭（株式会社池利）｜鍵の舎 Cobachi庵｜奈良交通株式会社｜大学堂古書店 book store｜Hana｜NARA KINGYO MUSEUM

現代語訳監修

國學院大學文学部日本文学科教授 土佐秀里

衣装協力

aimerfeel：info@aimerfeel.jp｜OLIVE des OLIVE：03-6418-4635｜SANSëLF：https://zozo.jp/sp/yourbrandproject/sanself/｜Treat Ürselfルミネエスト店：https://treaturself.shop｜by muni:r：https://m.bymunir.com/index.html｜mixxdavid（magnifique）：03-6709-9486｜lili by SERI：https://www.instagram.com/lilibyseri/｜和風館ICHI（京都丸紅）：03-3409-8001｜UNE MANSION：https://www.unemansion.com

きらきらし

発行 二〇二三年二月二十五日

著者 宮田《みやた》愛萌《まなも》

発行者 佐藤隆信

発行所 株式会社新潮社

〒一六二-八七一一 東京都新宿区矢来町七一

編集部（〇三）三二六六-五六一一

読者係（〇三）三二六六-五一一一

https://www.shinchosha.co.jp

組版 新潮社デジタル編集支援室

印刷所 大日本印刷株式会社

製本所 加藤製本株式会社

ISBN978-4-10-354941-3 C0093